U0806817

文景

Horizon

社科新知 文艺新潮

社科新知 文艺新潮

每个人

Tous les hommes n'habitent pas le monde de la même façon

Jean-Paul Dubois

[法]让-保罗·杜波瓦 著　黄荭 译

上海人民出版社

献给埃莱娜，

献给椿、阿蒂尔和路易。

献给我想念的樊尚·朗代尔。

纪念让－米歇尔·塔拉斯孔和米歇尔·拉莫内。

我爱慕的北方绅士帕斯卡尔，

还有横穿加拿大的挎斗摩托骑手居伊。

所有这一切都让人想到那一连串的日子，没有规划，没有方向，没有生机和活力，一切都毫无意义。

——罗莎琳德·克劳斯[1]

应该忘记这一天。今天我在赛马场输了十美元。多无聊的事儿。还不如来块抹了枫糖浆的可丽饼。

——查尔斯·布考斯基[2]《关于写作》

---

[1] Rosalind Krauss（1941—　），美国艺术批评家和艺术理论家，纽约哥伦比亚大学教授。——中译注，下同

[2] Charles Bukowski（1920—1994），美国诗人、小说家。

大河监狱

雪已经下了一星期。我站在窗边，看外面的夜，听簌簌的寒风。在这里，寒冷是会发出声响的。一种特殊的声音，令人不快，仿佛整栋建筑被冰钳子夹住了，在挤压下发出焦躁的呻吟，嘎吱作响。这个钟点，整座监狱都睡着了。再过一段时间，当人适应了它的新陈代谢后，就可以听到它像一头巨兽一样在黑暗中呼吸，时不时咳一声，甚至还有吞咽的声音。监狱把我们吞进它的肚子，消化我们，我们蜷缩在它编了号的肠子的褶皱里，在两次胃痉挛的间隙，尽我们所能地睡觉和生活。

蒙特利尔监狱位于西古因大道 800 号，在普雷里河岸的林间空地上，也被称作波尔多监狱，因为建在同名旧街区的原址上。这里关押了 1 357 名囚犯，直到 1962 年废除绞刑，共有 82 人被绞死。想当初，在建造监狱之前，这个地方应该很美，桦树、枫树、鹿角漆树和野兽经过时倒伏的高草，应有尽有。而如今，大大小小的老鼠是曾经的动物群落中唯一幸存的物种。因为它们天性随遇而安，很快又遍布了这个充满牢笼之苦的封闭世界。它们似乎很适应这种禁闭的生活，在整栋建筑的所有翼楼开疆扩土，繁衍生息。夜里，可以清晰地听到牢房里和走廊上这些啮齿动物奔忙的声音。为了阻止它们进来，我们把报纸或旧衣服卷起来塞往门缝，挡住通风口。但什么用也没有。它们还是有办法偷偷溜进来，偷偷溜出去，为所欲为。

我住的这种牢房俗称“孔多”，就是“公寓”的意思。之所以给这个空间起这么一个有点讽刺意味的名字，是因为房间面积比标准牢房稍微大一点点，我们仅剩的人性被压缩在这六平方米里面。

两张高低床，两扇窗户，两个固定在地面上的板凳，两张小桌子，一个洗脸池，一个抽水马桶。

我和帕特里克·霍顿同住这间牢房，他是个狠角色，把自己的人生故事文在背上——Life is a bitch and then you die. [1]——也把对哈雷戴维森[2]的爱文在肩膀和胸膛上。帕特里克因为涉

[1] 原文为英语，意为：“生活就是苦熬，等你熬出头命也丢了。”

[2] Harley-Davidson，美国摩托车品牌，创始于1903年。这里借指帕特里克对摩托车的爱。

嫌谋杀在等待审判，一个隶属蒙特利尔分会的“地狱天使”[1]被杀死在他的摩托车上，他的朋友们怀疑那人和警方合作。帕特里克被指控参与了这次门户清理。鉴于他令人生畏的大块头和飞车党成员的身份，且身上还扛着好几桩谋杀和暗害的案子，当他在B区的走廊上溜达时，所有人都会毕恭毕敬地让开，好像他是红衣主教一样。因为大家都知道我和他住同一间牢房，所以我跟在他身后也享受了同样的尊荣。

帕特里克在睡梦中呻吟已经有两个晚上了。他有一颗牙疼得厉害，感觉有脓肿的刺痛。他多次向狱警抱怨牙疼，狱警最终让人给他送来了泰诺止痛片。当我问他为什么不登记看牙医时，他回答我说：“永远不看。如果你有一颗牙疼，这里这些狗娘养的不会帮你治那颗牙，而是会把它拔掉。如果你有两颗牙疼，那也一样，他们会把两颗牙都拔掉。”

我们已经一起住了九个月，一切还算太平。离奇的命运在差不多同一时间把我们带到了这里。很快，帕特里克就想深入了解每天和他共用马桶的是何许人。于是，我跟他说了我的故事，跟那些控制该省所有毒品交易、动不动就发动

---

[1] “地狱天使”（Hells Angels）与后文提到的“摇滚机器”（Rock Machines）、“大盗”（Bandidos）都是活跃于北美地区的非法摩托车帮会，其成员广泛参与各类暴力犯罪活动。

各种火并的毒枭的故事相去甚远，这类有宿怨的帮派之争在1994至2002年间的魁北克已经让160人死于非命，“摇滚机器”随后也被“大盗”收编，虽然他们不甘心就此改名更张，但反扑很快就遭遇挫败，因为人们找到了8具尸体，全是该团伙的成员，被随便丢在4辆并排停放、上了渥太华牌照的汽车上。

当帕特里克得知我被关进监狱的原因后，他对我的故事产生了兴趣，带着一个老手对小试牛刀的新手的关切。当我把自己平淡的故事讲完，他挠着被发红的湿疹折磨得不行的右耳垂，说：“看你的样子，我不认为你能干出这种事儿来。不过你做得对。绝对没错。要是换了我，我会要了他的命。”

或许那也是我当初想做的，据目击者说，如果不是有6个人合力控制住了我，或许我就做出那样的事情了。事实上，除了别人告诉我的，我对那件事本身的记忆就只有几个画面，在我从急诊室的房间里醒来之前，我的大脑似乎已经做出了选择性遗忘。

“妈的，对，我会杀了那个浑蛋。就应该把这帮家伙砍成两半。”帕特里克·霍顿还在挠他发炎灼热的耳朵，同时使劲晃着二郎腿。他被一种莫名的愤怒攫住，似乎准备要穿墙而出，去收拾我开了头但从某种程度上说并没有完工的残局。

看他咆哮、抓挠发炎皮肤的样子，有一刻让我想起专门研究美洲印第安人文化的人类学家塞尔日·布沙尔说过的一句话：“人是一头变异的熊。”

我的妻子薇诺娜是阿尔冈昆印第安人[1]。为了了解她，我读了很多布沙尔的书。我只是一个笨手笨脚的法国人，对颤动帐篷[2]的诀窍、汗屋仪式[3]的神秘规则、浣熊的创始传说、“人是熊的后裔”这一前达尔文理论，以及为什么“驯鹿只有嘴巴下面是白色的”这类故事，几乎一无所知。

那时候，监狱对我来说也只是一个抽象概念，只意味着玩《大富翁》[4]时手气不好得待在“坐牢”的格子里暂停一轮。这个披着纯真外衣的世界似乎是为永恒而建造的：就像我父亲约翰内斯·汉森牧师，忙着拨动教区新教信众的心弦和哈蒙德风琴的音栓，让他们沐浴在福音之中；就像我妻子薇诺娜·玛帕切和她作为阿尔冈昆人特有的温柔，稳稳地驾驶海

[1] 北美洲印第安人的一支，是加拿大魁北克省南部和安大略省东部的原住民。

[2] 颤动帐篷（la tente tremblante）是美洲印第安人的一种常见仪式，萨满在夜幕降临时进入帐篷，伴随着歌声和鼓声，他召唤精灵前来，动物发出叫声和帐篷开始抖动预示着精灵的到来。

[3] 汗屋仪式（suerie）是美洲印第安人具有重要宗教意义的一种桑拿浴仪式，是其满足精神需求、治愈身心疾病与传承民族文化的重要方式。

[4] 《大富翁》（*Monopoly*）又名《地产大亨》，一种多人策略图版游戏。参与者分得游戏金钱，凭运气（掷骰子）及交易策略进行买地、盖楼以赚取租金。

狸水上飞机转弯，把旅客和浮筒轻轻放在北部湖泊各个航线所经之处；就像刚出生的小狗努克，它那双黑色的大眼睛巴巴地望着我，仿佛我就是一切的开始和终结。

是的，我喜欢那段时光，但它已经变得非常遥远，那时我的三位死去的亲人还活在世上。

我真希望自己能睡着。不再听到老鼠的声音。不再闻到男人的臭味。不再隔着窗听冬天的北风呼啸。不再吃用油腻的汤煮的褐色鸡肉。不再为一句多嘴或一把烟草而冒被打死的风险。不用被迫在水槽里小便，因为在规定时间之后，不许我们冲马桶。不用每天晚上看着帕特里克·霍顿脱下裤子，坐在马桶上一边拉屎，一边跟我聊他的哈雷摩托车的前叉，聊减速的时候摩托车“颤抖着，好像人挨冻时瑟瑟发抖一样”。每次他都一边从容地办他的“正事”，一边轻松地跟我聊天，真让人百思不得其解，他的嘴巴和脑子里的所思所想似乎与他的直肠正在做的事情是完全脱节的。他甚至从未试图憋气用力。帕特里克一边办他的“正事”，一边继续向我介绍现在安装了所谓“等弹性的带橡胶层的金属铰链”的最新款发动机性能的可靠性，然后像一个结束一天工作的人那样穿好长裤，并在马桶圈上盖一块干净的布当马桶盖，对我来说这就表示事情办完了，“弥撒礼成”。

闭上眼睛。睡觉。这是唯一可以忘了这里并把老鼠都抛诸脑后的办法。

夏天，站在左边窗户的角落，我可以看到普雷里河的河水朝着波尔登岛和邦弗安岛奔流而去，汇入圣劳伦斯河后就不见了踪影。但今晚，什么都看不见。雪挡住了一切，甚至是黑夜。

帕特里克·霍顿不知道，在这个时间段，薇诺娜、约翰内斯还有努克有时会来看我。他们走进来，我可以清楚地看到他们，就像我可以看到这个满目凄凉的房间一样。他们跟我说话，他们就在那里，在我身边。在我失去他们的这些年里，他们在我的脑海里来来去去，这里就是他们的家，他们就在我心里。他们说他们想说的话，做他们想做的事，试图理顺我乱糟糟的生活，总能找到一些抚慰的话，最终让我在晚上平静下来并且入睡。每个人都用自己的方式，扮演各自的角色，做出各自的贡献，支撑我，但从不评判我，尤其是在我入狱之后。他们和我一样，不知道这一切是怎么发生的，不知道为什么短短几天时间一切都天翻地覆了。他们不是来挖掘不幸根源的。他们只想努力让一家人再次团聚。

最初的几年，我很难接受不得不和死者一起生活的想法。

在听到父亲的声音时，我毫无畏惧，就像小时候一样，那时我们住在图卢兹，妈妈很爱我们。至于薇诺娜，她带给我的困扰很快就烟消云散了，因为她为我准备了阿尔冈昆人世外桃源般的传说，在他们那里活人和死人比邻而居。她经常说，没有什么比和生活在另一个世界的死者对话更正常的事儿了。“我们的祖先用另一种方式继续存在。如果我们把他们和他们所有的物品一起埋葬，那么他们也可以在另一个世界继续做他们的事。”我很喜欢这个听上去荒诞不经却充满希望和爱的世界。人们把这些工具送去它们已故主人的另一个世界，即便它们是电动的，也可以在不可见世界的任何电压下、任何插座上使用。至于努克，我的小狗，它了解天气、人和冬天的法则，看我们就跟看一本打开的书一样一目了然，它只是像往常一样躺在我的旁边。不需要通灵的萨满，只凭着记忆中我的气味，它就找到了我。在黑暗中转了一圈，它不过是回到了家，躺在我身边，继续我们曾经抛下的共同生活。

2008 年 11 月 4 日，巴拉克·奥巴马当选美国总统的同一天，我被关进了波尔多监狱。对我来说，那是漫长而难熬的一天，我被押送到法庭，在法院走廊上等待，出庭面对洛里米耶法官，尽管审讯很温和，似乎只谈论了一堆个人情况，我那位有些抑郁的律师叫我“让森”，他的辩护词有点让人摸不着头脑，他给我编了“重度精神抑郁”的理由，给人的印象是他刚刚才看到我的卷宗或在为另一个人辩护，接下来是等待判决，洛里米耶含混的陈述，量刑，两年监禁，在法庭的记忆里我很快被遗忘，回去的路上大雨倾盆，交通堵塞，到达监狱，验明身份，令人反感的搜查，三个人住的大牢房像一个自行车车库，“闭嘴，在这里你给我闭嘴”，铺在地上的床垫，老鼠粪便，用过的面巾纸丢得到处都是，隐隐的尿臊味，托盘，褐色的鸡肉，黑夜。

在巴拉克·奥巴马正式搬进白宫府邸的一个月前，我也被送到了新住处，就是至今我仍和帕特里克·霍顿同住的孔多。这次“搬家”让我摆脱了地狱般的A区，在那里，暴力和袭击在白天是家常便饭，有时甚至在晚上也在所难免。在这里，虽然免不了也会发生过激事件，但多亏了霍顿的威名和大块头，生活总算好过一些。而且，当对自我的困惑和时光的重压变成一个太过沉重的负担，只要放弃抵抗、听从监狱时钟缓慢而倔强的节奏，乖乖按照规定好的日程表生活即可：“7点，牢房开门。7点30分，早餐。8点，分区活动。11点15分，午餐。13点，分区活动。16点15分，晚餐。18点，分区活动。22点30分，就寝，牢房关门。室内室外都禁止吸烟。不被允许的物品：游戏机、电脑、手机、色情照片。

每天早上，8 点之前必须整理好床铺，9 点之前必须打扫好卫生。”

对我来说，这是一种很奇怪的感觉，尽管也是被别人看管得死死的，却无须承担任何责任。26 年来，在距离监狱不到一公里的阿汉西克区——发现自己被关在离家这么近的地方，一开始，这让我心神不宁——我做着一份要求很高的“大总管”的工作，是一个像魔法师一样无所不能的看门人，一个凡事自己动手的会恢复和修理由电缆、水管、管道、接头、分流、柱子、存水弯、计时装置等设施组成的复杂天地的总管，那是个调皮的随时想失控的小世界，它提出问题、制造故障，必须凭借大量累积的记忆、知识、技术、观察力紧急解决，有时还需要一点运气。在这幢名为“精英”的公寓大楼里，我就是一个机械降神[1]，负责大楼及其 68 户的公共开支、维护、监控和正常运行。所有住户都是公寓的业主，共同拥有一片栽了树砌了花坛的花园、可装下 230 000 升盐净化水的

[1] Deus ex machina，源自古希腊戏剧中一种推进剧情的手法，即当剧情陷入胶着或困境难以摆脱时，突然出现有强大力量的神将难题解决，让故事有个好结局，通常扮演该角色的演员会由机械装置载送至舞台。衍生指意料外的、突然的、牵强的解围角色、手段或事件。

恒温泳池、带洗车区域的停车场、健身房、有等候和接待功能的门厅、名为“讨论区”的会议室，以及24个监控摄像头和3部通力牌电梯。

26年来，我完成了一项巨大的工程，它既刺激又累人，因为总有干不完的活儿，虽然看上去好像没什么事儿，无非就是确保68户的正常运作，让它们不受岁月和气候的侵蚀，不被淘汰。9 500天的看管、监督和维护，9 500天的调研、检验、查看屋顶、巡视楼层，104个季节兢兢业业，有时也会做超出我的职责范围的事，比如帮助老年人，安慰寡妇，探望病人甚至陪在死者身边——这种事有过两次。

我相信，新教牧师约翰内斯·汉森给我的教育让我养成了一种自我牺牲的精神，长年累月为维护整栋大楼的运作不辞辛劳。就这样，坚守职责，每天认真细致地完成一个个费力不讨好的任务，在我看来，这和约翰内斯在教会中捍卫的改革精神有异曲同工之妙。

我对之后接替我的工作、同意在这栋大楼深处生活的那个人一无所知，也不知道今天精英公寓楼里面是何光景。我只知道，我非常想念那个由68户组成的令人遐想的小世界，它会产生故障、烦恼和难题的无数种组合。

有时，我会和物品、机器说话，我会一厢情愿地认为它们有时候能理解我。现在，我只有霍顿，他的牙齿和他的摩托车前叉。

长期以来，我一直在管理并确保精英公寓楼的良好运行，而现在我不得不遵守我的新孔多单调划一的“生活方式”：8点，分区活动。16点15分，晚餐。21点，“地狱天使”坐马桶。22点30分，就寝，牢房关门。

今天早上，帕特里克一醒就叫来狱警，要求看牙医急诊。他怕看牙医比怕一帮“大盗”的流氓混混找碴还厉害。他的脸夜里就肿了，一阵阵牙疼就跟触电一样。他在牢房里来回走动，就像一只被困在瓶子里的昆虫。“你不介意今天早上帮我整理床铺吧？这见鬼的牙齿实在是太痛了。这事我随我父亲。他也有一口烂牙。好像这会遗传。什么？我不知道，别拿你那些蠢话烦我，今天可不是时候。狗娘养的牙医。而且，据说他还长着一张像尼科尔森[1]那疯子的脸。几点了？这个浑蛋一定还在家里，还在吃他该死的玉米片。我跟你说，这个尼科尔森最好是第一个就给我治疗，否则，相信我，我会把这个狗娘养的撕成两半。几点了？他妈的。”

---

[1] Jack Nicholson（1937—　），美国演员、导演、制片人、编剧，代表作有《飞越疯人院》《闪灵》等。

对帕特里克来说，尤其是当他牙疼的时候，世界上的人被他分为截然不同的两类。一类是深谙哈雷戴维森摩托和前叉迷人轰鸣的同道中人；另一类则人数多得多，是那些不懂摩托车的门外汉，只配被撕成两半。

今天早上，我要跟一个名叫盖尔坦·布罗萨德的人见面，他是监狱管理局的公务员，负责在减刑文件转交法官之前进行核查。三四个月前我见过布罗萨德。他浑身散发出一种让人平静的气息，那张仿佛与维果·莫滕森[1]用同一个模子刻出来的脸和他作为仁慈的执法监督员的身份相得益彰。

我们第一次见面的时间很短。他甚至都没打开装有我诉讼案件的文件夹。

“今天我们的会面纯粹是走流程，汉森先生，只是先彼此接触一下。我很遗憾地告诉您，鉴于您所犯下的严重罪行，我目前无法审批或考虑任何释放您的决定，哪怕是有监管的假释。几个月后我们再面谈，如果您的品行报告良好，或许可以考虑。”

布罗萨德没有变化，还是老样子。不过我注意到一个第一次见面时忽略的细节。他不说话时，会忍不住嗅一嗅指尖，

[1] Viggo Mortensen（1958— ），美国演员，代表作有《情枭的黎明》《指环王》《绿皮书》等。

每次吸气鼻孔都会张开，之后，或许是闻到了熟悉的气味，鼻孔恢复了原来的形状。

“我要坦率地告诉您，汉森先生。您的评分在各方面都很好，显然，这会让我在您的案件材料上给出对您有利的意见并转交法官。不过在此之前，您必须说服我，您已经认识到您行为的严重性，并且真心悔过。对您之前的所作所为您后悔了吗，汉森先生？”

毫无疑问，我本该说出他想听到的话，连连道歉，表达深切而真诚的悔恨，说一堆很遗憾之类的话，承认那天发生的事情对我而言依然是难以理解的，请求受害者原谅我给他造成的痛苦，并在忏悔结束时，羞愧难当地低下头。

但所有这些我都没做。我一言不发，什么也没说，我的脸像铁面具一样毫无表情，我甚至强忍住才没向维果·莫滕森承认，我发自内心最后悔的，是没有更多时间或足够力气去打断那个卑鄙、自私、可恶的家伙全身的骨头。

“我承认我对您还有别的期望，汉森先生。一个更恰当的反应。很显然，当我审读您的档案、察看您的履历和过往时，我很清楚您该待的地方不是这里。但我担心因为您坚持不自我反省，您可能不得不在这里再待一段时间。很遗憾，汉森先生。在监狱里多待一天都是多余的。外面有人在等您吗？”

要如何跟他解释，此时此刻，外面没有人在等我，但在我们所在的房间里，从刚才到现在，薇诺娜、约翰内斯和努克——我能感觉到他们的呼吸——就在我身边礼貌地等着，等着他离开。

帕特里克看完牙医回来，他还在麻醉针的作用下，一条红色的口水流到折好的纸巾里。显然，他与尼科尔森的会面不欢而散。“那个浑蛋把我的牙给拔了。我就知道，妈的，我早就听说了。但这个浑蛋让我别无选择。他告诉我，我的牙没得救了，而且，我有一个巨大的脓肿。他指给我看一张 X 光片上的斑点，说：‘就在这儿，你看，真的发炎了。’‘别废话，’我回答说，‘做你该做的，但我警告你，如果你弄疼我，你就死定了。’他往我牙龈里注射的东西都足够麻醉我出生的那个该死的村子里的所有人了。你听好了，我不知道我什么时候能出去，但我可以向你发誓，我一出去，就去那个浑蛋家把他劈成两半。”

天气预报说今晚气温为 −28℃；因为有风，体感温度为 −34℃。再过四天，就是 12 月 25 日。尼科尔森将在全家人的陪伴下庆祝圣诞节，他们的牙齿完美无瑕。最小的孩子还戴着矫正牙套，母亲会向小女儿保证说，这是最后一个她嘴里有钢丝牙套的冬天。各种各样的球体和可笑的灯光将在房子里闪烁，如同在城市其他的房子里一样，大商场将播放《圣诞颂歌》来鼓励大家刷卡，就像一场让人看不懂的芭蕾舞剧，各种无用又昂贵的物品仿佛从虚无中被翻出来，很快又会被放回去，从一只手转到另一只手中，在这种场合，兴高采烈的广播里会放《圣诞节我想要的只有你》。

在监狱里，当夜晚来临，一个低阶牧师会来为那些喜欢跪下来祈祷的囚犯飞快地做一场常规弥撒，有点言不由衷地向每个人承诺，有朝一日，他们会坐在造物主的右手边，说完牧师就飞快地跑去呼吸儿童唱诗班的青春气息了。至于我们，异教徒，不信教的人，偶尔作奸犯科的强盗和肌肉发达的罪犯，我们将有权享用双份褐色肉汁鸡肉，配上一种美味的老枫糖浆奶油沙司。当我吃我的盘中餐时，我郑重其事地祝帕特里克圣诞快乐。他一边嚼着鸡肉，一边回了我一句：“别他妈的废话了。”

斯卡恩，被沙子掩埋的教堂

1955年2月20日晚上10点左右，我出生在图卢兹的丹图里耶诊所。在分配给我的房间里，两个我从未见过的人正在看我睡觉。躺在我身边的年轻女人似乎刚从宴会上回来，美得颠倒众生，尽管经历了分娩的考验，却面带笑容，神情放松，她是安娜·马尔热里，我的母亲。那年她二十五岁。坐在她身边的男人尽量不把重心压在床沿上，从他魁梧的身材、金色的头发、清澈透亮的蓝眼睛里充满善意和柔情可以猜出，他就是约翰内斯·汉森，我的父亲。那年他三十岁。两人似乎对成品都挺满意，当时的他们或许还没有料到在这样的环境中出生对我的未来会有怎样的影响。总之，父母早早就给我选好了名字。我会成为保罗·克里斯蒂安·弗雷德里克·汉森。很难有比这更丹麦的名字了，不管是从地域、血统，还是你们能想到的任何理由，尤其是从机缘巧合来看，但我仍会成为一名法国公民。

约翰内斯——和他四个兄弟一样——出生在日德兰半岛的斯卡恩，一个只有八千居民的小镇，位于丹麦最北端，那儿的人自打出生起唯一的话题就是鱼。世世代代以捕鱼为生的汉森家族为小镇的一方宁静和繁荣做出了贡献，小镇仿佛牢牢扎根在这块土地上，以免漂向不远处挪威克里斯蒂安桑或瑞典哥德堡的海岸。随着大家生活习惯和重心的改变，汉森兄弟中有几个顺应潮流卖掉了渔船，投身鱼粉加工业，而长子托尔继续航行在危机四伏的暗礁之间。游客们喜欢在格雷嫩角的岬头眺望这片海域，在天气最恶劣的时候，波罗的海洋流和北海洋流之间的宿怨会再掀巨浪。

约翰内斯在汉森家族中属于极少数派，der bør i landet 这一分支，即“生活在陆地上的人”。我父亲很早就背弃了大海，他更喜欢凝视半岛上独特的光影，这里的风景吸引了全国最伟大的画家，因他们的风格和坚持不懈，著名的斯卡恩画派由此创立。他们画的都是静谧的风景、劳作中纯朴的男男女女、北海的水天一色、波罗的海上的船只，没有什么特别的东西可以真正敲开博物馆的大门或打破绘画既有的条条框框。不过就是些认认真真画出来的好看的油画，为当地的居民而作，他们对画没别的要求，好看就行。

除了是一个 bør i landet，父亲还在差不多十二岁时对宗教产生了浓厚的兴趣，而在此之前全家人对宗教一无所知。很久以后，他向我讲述了促使他投身牧师生涯的颇为特别的经历。那是一个关于沙子的故事，流动的沙子，受到历史和狂风的吹拂。

在半岛最北端，和市镇隔开一段距离的地方，14 世纪时建了一座离海几步之遥的教堂，供奉水手的主保圣人。教堂占地长 45 米，阶梯式钟墙高 22 米，内部有 38 排长椅，在整个日德兰半岛上，算得上是一座雄伟壮观、独一无二的建筑。可能是受到海浪飞沫的侵蚀、暴风雨的洗礼和狂风的摧残，它似乎很早就得了晕陆症[1]，1770 年左右，沙子慢慢侵入教堂前的广场，之后是中殿，贪婪的沙丘日夜不停地蚕食、压迫着教堂的墙壁。1775 年，一场可怕的风暴使得入口都被沙子堵住了，居民们不得不挖出通道，才能进教堂做礼拜。他们就这样又坚持了二十年，每周都要清理墙壁和出入口。但风仍不停地刮，沙子不断地堆积。终于有一天，上帝受够了，承认自己败了，放弃了抗争，神职人员拍卖了里面所有的家具后彻底关上了教堂的大门。今天，沙子已经完全掩埋并覆

[1] 原指常年生活在海上的水手上岸后发生晕陆地的现象，这里指教堂开始塌陷摇晃。

盖了建筑。沙丘之上只露出 18 米高的钟墙。

正是因为看到这座被埋没的教堂，这具信仰的残骸，才让我父亲萌生了当牧师的意愿。“要知道，当时我以为自己没有任何信仰，甚至不知道信仰为何物。我只是在这独一无二、令人震撼的奇观面前，感到一种纯粹的美学上的激动。这样的奇观你一辈子只能看到一次，一幅斯卡恩画派的杰作。如果那一天，我在那里看到的是一个被风沙掩埋的火车站，只有山墙和吊钟露在外面，或许打那以后我会去当铁路工人。”这就是我父亲，虽然是个 bør i landet，却清醒地意识到自己必须不停地在内心的犹疑和摇摆不定中航行，时而被教堂遗迹残破的风帆所吸引，时而被铁路上彪悍冒险的生活所诱惑。

我的母亲安娜·玛德莱娜·马尔热里去过斯卡恩两次。她在那里见到了汉森大家族的所有成员，男男女女都有一副抵御严酷气候的身板，世世代代都这样生活。大家给她准备了配醋栗和蔓越莓酱的鲽鱼、鳗鱼卷、炖菜[1]，她喝了一点阿夸维特酒[2]，之后去了被沙子掩埋的教堂朝圣，在那里给父亲

---

[1] 原文为丹麦语词汇“pramdragergryde”，是一道用土豆、培根、洋葱、蘑菇、肉块、香肠一起焖炖而成的丹麦特色菜。

[2] akvavit，主要产于斯堪的纳维亚地区的一种加味蒸馏酒，酿造原料与伏特加相近，其特殊香味来自莳萝等香料与香草。

和所有在世的汉森家族成员拍照，大家整齐地排在钟墙遗迹前面。返程途中，她对我父亲讲述了看到露出地面的圣迹残骸时的感受。“你怎么会在参观了这种东西之后想当牧师？这一切只表明了上帝和教会在大自然面前的无力、放弃和屈服。换了我是你，我想我会和其他兄弟一样，娶一个和自己差不多的当地姑娘，然后把时间全花在把鱼磨成粉上。”据安娜说，我父亲连连点头，过了一会儿才带着牧师的职业微笑向她坦言：“我同意你说的，不过娶一个看起来和我兄弟差不多的女人除外。”

安娜·马尔热里出生在图卢兹。她的父母——我从没见过我的外公外婆——经营着一家小影院，低调地给它取名为“斯帕戈”，拉丁语“我播种”的意思，因为贴上了当时很时兴的“艺术和实验”类影院的标签，从此就只放映一些所谓的高雅电影，诸如《忧郁的高卢人》[1]、《放大》[2]、《定理》[3]或《扎布里斯基角》[4]之类。我母亲从小就受到这些画面的熏陶，在没完没了的片尾字幕、悠远深长的配乐、放肆大胆的亲吻和晦

[1] *Les Gauloises bleues*，法国导演米歇尔·古诺执导的电影，上映于 1968 年。

[2] *Blow-Up*，意大利现代主义导演安东尼奥尼执导的电影，上映于 1966 年。

[3] *Teorema*，意大利导演帕索里尼执导的电影，上映于 1968 年。

[4] *Zabriskie Point*，意大利导演安东尼奥尼执导的电影，上映于 1970 年。

涩难懂的剧情中长大，成了一部活的电影百科全书，对那个世界的每一个角落、每一条缝隙都了然于胸，可以说出帕布斯特[1]某部电影的剪辑师、霍克斯[2]某部电影的配乐师或爱泼斯坦[3]某部电影的灯光师的名字。总的说来，比起演员们太容易看穿的表演技巧，她更感兴趣的是制作人、导演、出品人之类幕后的电影工作者。

在1960年4月的图卢兹，汉森一家俨然是当时传统家庭的典范。一个懂分寸、会疼人的丈夫，充满魅力，能说一口清晰讲究的法语，带着一丝异国情调的北欧口音。他当上了帕加米尼耶路老教堂的助理牧师，布道和他平时的言行完全一致。一个看上去深爱着丈夫的妻子，美貌与智慧并存，不仅天生丽质让人惊艳，学识才智也同样令人倾倒，一边教育儿子，一边打理一家名声在外的电影院，在1958年以前是她

[1] Georg Wihelm Pabst（1885—1967），出生在今捷克境内劳德尼茨，是魏玛共和国时期最具影响力的德语电影导演之一。代表作有《潘多拉的魔盒》《西线战场1918》《悲情花街》等。

[2] Howard Hawks（1896—1977），美国导演、编剧、剪辑师、制片人。代表作有《约克中士》《夜长梦多》等。

[3] Jean Epstein（1897—1953），法国印象派电影导演、电影理论家。代表作有《忠实的心》《三面镜》《厄舍古厦的倒塌》。

和父母一起经营的。至于年幼的保罗·克里斯蒂安·弗雷德里克，他细胳膊细腿的，对他做出判断还为时过早，他守时听话，规规矩矩，彬彬有礼，每周日陪父亲去教堂，听他关于世界走向及其罪恶弱点的侃侃而谈。

在这幅不会引起斯卡恩画派兴趣的静物画上，唯一的淡淡阴影，是我母亲对教会和信仰之事一窍不通，对原罪的概念无动于衷，从不踏足宗教场所半步。既然如此，她为什么要接受跟一个年轻的新教牧师结为夫妻共度此生呢？后来当我每次问母亲这个问题时，总会得到同样的答案，一个让我既惊讶又安心的答案："你父亲太帅了。"

有时她也会在我们面前发脾气，在餐桌上，语调抬高了一点，这时我父亲就会向她抛出一句他自己很喜欢但她很反感的口头禅："愿你在至善的信仰中得安宁，哪怕只是几小时。"后来，我理解了安娜·玛德莱娜当时的感受。面对这种让人难以忍受的蜜糖般、充满优越感的善意，她也必定会回击一句："你怎么能说出这样的蠢话？"

我打心眼儿里相信，在第一个职位上，我父亲汉森牧师因为想要博得大家的好感和一致好评，表现得很传统，满口陈词滥调，令人失望。但人们对他真的有过其他期待吗？

我可以说，在当时，尽管日常生活中有些小划痕，但我父母很乐意把他们的生活一分为二。我以前一直不知道，现在还是不知道他们最初的默契是从哪儿来的。尽管我问过他们一些问题，但很快就意识到这些问题会让他们感到尴尬或窘迫，因此我一直都没有得到答案，不知道我父母是在哪里、在什么情况下相遇的，也不知道在 1953 年，是什么样的机缘巧合让一个从流沙中走出来的、斯卡恩土生土长的小伙子和一个高雅电影的痴迷者跨越了 2 420 公里的距离走到了一起，越过语言的藩篱，尽情享受命运为他们做出的安排。

五年后，1958 年，死亡第一次走进我们的家庭。在一个盛夏的夜晚，安娜父母的那辆黑色雪铁龙 DS19 在最美的国道之一上出了意外，撞得很厉害，这条南方公路两边是高大的法国梧桐，枝丫合拢像一个绿色的拱顶，茂盛的树冠交织成一把精美的保护伞。

我的外公外婆从卡尔卡松[1]的嘉年华回来。在炎热的夏夜，关在著名的塔楼和城墙后面，看了 4 000 行的《罗兰之歌》改编的史诗剧，由让·德尚自导自演。“我们的国王，查理曼大帝，远征西班牙整七年。”也许他们去世的时候脑海里

[1] Carcassonne，法国南部城市，奥德省首府，因同名的城堡而闻名。该城堡建于罗马时期，曾为这一地区重要的防御工事，1997 年被列入联合国教科文组织的世界文化遗产名录。

还萦绕着这些诗句，因为连续的撞击，这些词语在他们的脑袋里跳跃，深深地印刻在他们的记忆里，就像一张有了划痕的唱片，没完没了地重复。

凌晨1点左右，电话铃响了，一股痛苦和悲伤的暗流突然涌进公寓。我在这里所说的一切都是父母后来告诉我的，那是自然，因为这些震惊了我们全家人的时刻并没有给我留下任何特别的画面或声音。

在瑙鲁兹，南方运河的分水岭处，一辆雪铁龙DS偏离道路，迎面撞上一棵法国梧桐，汽车当即爆炸，玻璃纤维车顶炸飞到田边的沟渠里，而我外公外婆的尸体飞到了对面，在国道另一边的地里。

在这个水流汇聚又分开的地方，在这个世界的分界处，有两块巨石，相隔仅几厘米。传说，当这两块巨石碰在一起的时候，世界末日就要到来。

那天夜里，两块巨石保持着安全距离，但老马尔热里夫妇来到了时间的尽头。在圣艾蒂安大教堂做了一场弥撒后，他们按照天主教仪式入土为安，当然，我父亲参加了仪式，无疑他被感动了，尤其是奢华的阵仗、一轮轮的繁文缛节让他大开眼界。

斯帕戈影院失去了它的创始人，但后继有人，那就是我母亲，全职的新管理者，她似乎已经全副武装准备好为她的电影院谱写新篇章。

1958年是斯帕戈很火的一年，《我的舅舅》[1]、《迷魂记》[2]、《历劫佳人》[3]、《热铁皮屋顶上的猫》[4]都一连上映了几周，好片有助于让观众忘记座椅磨损的天鹅绒和硬邦邦的扶手。安娜请人安装了一台新的飞利浦氙灯放映机、一套优化的音响系统和一块反射性更好的投影幕布。经过这一番升级，斯帕戈小影院内在的硬件焕然一新，随后才是那些外在的装潢。

与小影院一样，宗教场所也在经历最后的美好时光。世界正在发生变化，尽管这场剧变才刚刚开始，但我父亲必须严阵以待，他把布道词一改再改，以吸引那群只想发现和体验其他不那么保守、宽容度更大的娱乐消遣的信众。

大约在我十岁那年，只要留意一些，谁都能听到旧世界的铰链断开的声响。我们住在隆巴尔堤岸的一套天花板很高的老公寓里。大窗户面向河流，木制的百叶窗，河水的颜色

---

[1] *Mon Oncle*，法国导演雅克·塔蒂执导的电影。

[2] *Vertigo*，英国导演希区柯克执导的电影。

[3] *Touch of Evil*，美国导演奥逊·威尔斯执导的电影。

[4] *Cat on a Hot Tin Roof*，也译作《朱门巧妇》，美国导演理查德·布鲁克斯执导的电影。

随季节而变化。夏天，古老的法国梧桐遮住了月光，晚上几乎听不到加龙河的潺潺声。

皮埃尔·德·费尔玛中学离河流和我家不远，但在我看来，离我父亲做弥撒的新教教堂太近了。在任何情况下，我都不想让任何人知道，那个穿着一身无懈可击的神职人员的灰套装、一副花花公子派头、大步跨上街尽头那座奇怪教堂台阶的人是我父亲。在学校，大家都以为我父亲是“鱼粉进口商”。阿门。我向他承认了这个小小的谎言，并恳求他万一有人问及这个问题，千万不要否认。“你不应该为你父亲的工作感到羞耻。那没有什么可耻的。相反，在丹麦，牧师的孩子们会以他们的父亲为傲。”

从那天起，我母亲开始负责我的学业，和我的老师们会面解决一些日常事务。约翰内斯再也没有提起这个话题。但是，一天晚上，我在桌子上发现了一张纸条，是写给我的。当时我还只是个孩子，读了纸条后，我的心情非常复杂，隐隐感到忧伤，我不知道它从何而来。我父亲写的是：“我只是一个自得其乐的小男孩，同时也是一个让人厌烦的新教牧师。安德烈·纪德。”

12 月 31 日，晚上 8 点左右，我们所在的监区走廊上发生了一起暴力斗殴事件，十几个属于不同敌对帮派的囚犯打成一团，导致我们所有人都被禁足在牢房里。救护车开进监狱的主庭院，带走了两名多处被刀严重刺伤的打斗者。显然，为年终派对策划的系列小型庆祝活动统统被取消了。

午夜时分，当我们大多数人已经上床时，可以听到从远处传来金属敲击牢房门的声音。这是一种压抑、沉重、规律的声音，在空旷的走廊上回荡。随后，另一个敲击声加入进来。之后是第三个。在一分钟内，整个分区都加入了喧嚣，之后监狱的其他侧翼分区也都沸腾了。仿佛一颗巨大的钢铁心脏跳动的声音飞向天空，宛如一支被放逐者的祝福圣歌。我还从来没有听说过这样的事情。帕特里克像一个魔鬼，充满了力量，要奋力冲破这堵墙，但他知道这堵墙会和他抗衡。他盯着它，微笑着，用尽全力捶打它。看到他发狠，听到这喧嚣让我起了鸡皮疙瘩。事实上，我们在很多不同的事情上都有共鸣：关于我们个人的痛苦；关于我们不得不忍受的蔑视；关于我们缺席的家人；关于轻率的法官、匆忙的牙医和界限模糊的世界，帕特里克·霍顿迟早要把他们“撕成两半”。在2010年的第一个夜晚，在这座冰封河边的冰冷无聊的监狱里，我们不过是一群变成了鼓手的囚徒。

仿佛有一只看不见的手调低了音量电位器，节拍渐渐减弱，最后消失在黑暗之中。

那个夜晚，一次巡逻也没有。狱警们待在一起，而我们和我们的痛苦待在一起。又一年过去了。

今天是2010年1月3日。明天，我被关在这所监狱里就满十四个月了。帕特里克正在画画。从后面看，就像是一个孩子俯身在他的作品上，用他所有的形状和颜色再现世界的一个角落。帕特里克经常画画。天真的构图、风景、面孔，当然还有摩托车，他努力以尽量忠实的方式去再现它们。有时，他像个初中生，会把喜欢的图案描下来，然后花上一两个小时用彩色铅笔去重新勾勒和着色。看到这个体格魁梧的杀手在这些幼稚的消遣中表现出他最好的一面，让人有点动容，但同时也让人非常不安，因为这让人想到了人类灵魂复杂多变的一面。

“我又想了想前几天你和心理医生的事儿。你表现得很糟糕。”帕特里克一边在纸上非常小心地勾他细细的线条，一边教我在评估员面前应该如何表现，“这并不复杂。你只要把他想听的话说给他听就好了。挺简单的。我对自己所做的事后悔得要死。我承认自己越界了。而且，我没有任何借口。我的浑蛋父母没有把我教育好。瞧，我认为坐牢对我有好处。在这里，我学会了尊重，认清了现实。我想我已经准备好出狱并接受一项真正的职业培训。我想开公共汽车。如果你不喜欢公共汽车，你可以用你喜欢的行当去替换它。你需要做的，就是让他满意，让他感觉你在他面前已经脱得只剩下内裤，已经准备好为他服务了。你明白其中的窍门了吗？规则非常简单：你必须说服他相信你已经俯首帖耳了。把橡皮扔给我。妈的，每次我一说话，就会画出格。”

各种罪加一起，帕特里克·霍顿在他还算年轻的一生中已经坐了五年牢。就我而言，我不知道自己什么时候可以离开这里。在我看来，因我所犯的罪行入狱两年，量刑似乎很合理。在我看来，我犯的罪既不算重也不算轻。但就我的情况而言，一个主要问题阻止了我把霍顿的理论付诸实践。如果我的罪是对一个普通公民犯下的，我可以毫不介意地坦陈为自己的行为感到后悔和遗憾，但对我袭击的那个确切的受害者，我认为他完全是咎由自取。不管我面前是不是评估员，对被我袭击的那个人，我永远不会说谢谢，也不会说对不起。

让帕特里克痛苦难当的脓肿如今只是一段可怕的回忆。但每晚刷牙前，他都坚持给我看拔掉的牙在牙龈上留下的窟窿。“我想知道那颗该死的牙今天在哪里。好歹那是我的牙齿。就算烂掉了，那也是我的牙齿，更何况那颗牙上还有一个牙冠。医生本应该把它还给我。为了那个该死的烤瓷牙冠，我可是花了一大笔钱。他们会不会回收后拿去做其他的烤瓷牙或别的什么东西了？你怎么想？”

我很喜欢帕特里克，但他是难以捉摸的，有时会说出一些古怪的想法或完全离谱的观念。圣诞节前几天，我看到他和看管我们的一个狱警聊了很长时间，且聊得很认真，他跟狱警解释说自己有一个朋友可以隔空弄弯一把叉子，而那个狱警似乎和他一样有点神神道道。当着听得入迷的听众的面，帕特里克模仿了那一幕，声称自己亲眼看到餐具像意大利面一样在桌子上扭曲了。“这叫作心灵致动。我查过资料。我那个朋友已经练习多年了。事实上，他不能移动东西，我的意思是把东西移到一边或另一边。这个他做不到。不过他可以让任何东西弯曲。不过东西呢，也不能太厚。勺子或叉子，没问题。但比如螺丝刀，他就做不到。我见过他几次把意念集中在一把该死的螺丝刀上，他可以花上一两个小时，但什么用也没有。而且最后他还累坏了，筋疲力尽，汗流浃背。所以，他的妻子把螺丝刀都藏了起来。我在书上读到，在印度有一个家伙和他一样，能用意念打开冰箱门，让自行车轮子转起来。”

随着时光飞逝，我已经习惯了霍顿的这些奇谈怪论和那些突如其来的灵光乍现，如果没有足够的“燃料”或合适的听众，也可能很快就“熄灭”了。

每年的这个时节，下午4点30分天就黑了。这也差不多是我们吃晚饭的时候，我们吃得很少，也很少说话。然后，一层忧郁的迷雾落下，在它的庇护下，每个人似乎都被孤立了。这是一天中最糟糕的时刻，傍晚时分，外面的人很高兴在下班后回家，哪怕冒着风雪和严寒。在精英公寓楼，那是我结束工作、等待薇诺娜回公寓的时候。之后，我们经常和努克一起去阿汉西克公园散步。摆脱了所有束缚，我们体验到一种在时间中漂浮的感觉，完全拥有我们的生活，每走一步都分泌出无忧无虑和快乐的微粒，与此同时，小狗白色的皮毛上落了一层雪。有时我会闭上眼睛，试图回味伊甸园中那些傍晚的散步，但每次尝试，走廊和牢房里发出的狂野的声音都会让我尽力回忆往昔的耐心消失殆尽。这个时候，我才真正明白坐牢意味着什么。无法逃脱的漫漫岁月，哪怕只是想安安静静地和死去的亲人在回忆中一起散散步。

他们可以来这里看我，但我永远也不能在外面和他们团聚了。

现在是帕特里克的如厕时间，这是我无法习惯的固定节目。他拿掉马桶上的盖布，褪下裤子，坐下来，一边眼睛直直地盯着我，一边使劲，整个脸上的筋都爆出来了。仿佛卵石扔进深水里的声音预示着第一次“交货”结束。“我一直不知道我什么时候会因为犯的事儿上法庭。我在想我是不是应该换律师。那个律师我不喜欢。一副穿带流苏鹿皮鞋的男团组合的派头。我可没骗你。上次那个蠢货穿着带流苏的鞋子和啦啦队的袜子出现在法官面前。”一阵沉默伴随着又一次使劲，卵石落水声，呼气，脸上放松的表情。“我要把那个家伙辞掉，我不觉得他有什么能耐。不，我需要的是一个霸气十足的黑手党打扮的律师，他一走进房间就会让法官信服。一个像哈维尔·巴尔登[1]那样的疯子，或另一个，叫汤米·李什么什么的[2]。而不是那个穿芭蕾舞鞋的娘娘腔。”

帕特里克站起来，转过身，看到“卵石”大小均匀，按下按钮，一阵水流把这些一模一样的“石头”冲到公共粪池里。

坐在床边，我试图想些别的事情，忘记那些强加给我们的隐私侵犯行为，帕特里克似乎终于适应了。我试着说服自己，这一切很快就会结束，下一次会面的时候，我只要简单

[1] Javier Bardem（1969— ），西班牙演员、编剧、制片人，代表作有《夜晚降临前》《老无所依》《007：大破天幕杀机》等。

[2] 指汤米·李·琼斯（Tommy Lee Jones，1946— ），美国演员、导演、编剧，代表作有《热铁皮屋顶上的猫》《亡命天涯》等。

地回答一些复杂的问题，然后用一个经验丰富的法利赛人[1]的坦率，做出最真诚的“忏悔”。

与此同时，我看着霍顿把他的白色盖布放在马桶上。我也想像他那样，但我做不到。尽管日子一天天过去，还是不可能做到。

在走廊上，还有别的事情发生。可以隐约听到推搡的吵闹，愤怒的尖叫，骂人的脏话，之后复归平静。夜晚和广为分发的苯二氮䓬类药物[2]开始起作用。很快，监狱的肚子就会开始进行消化，慢慢地，所有住在监狱里的人将会消失，在这短暂的夜晚，被世人遗忘。

---

[1] Pharisien，古代犹太教的一个派别，以严守律法见称，《圣经》中称他们是言行不一的伪善者。

[2] benzodiazépine，神经抑制类药物，常用于镇静、抗焦虑和催眠。

牧师的困惑

我想，一定是受到1968年叛逆之风的影响，我父亲买了一辆奇怪的汽车，这款车装备了全新设计的发动机，还在群情欢腾中当选“欧洲年度汽车”。NSU[1]车厂生产的Ro80——Ro代表转子发动机——是一款由著名的寇摩托公司提供动力模块的家用轿车，也是首款装配汪克尔转子发动机的量产车型。[2]牧师喜欢这一机械创新，于是买下了这辆四开门的德国车，虽然一辆更小、技术更传统的座驾也完全可以装下我们一家人。或许约翰内斯脑子里还有添丁的念想，要让汉森

[1] NSU，一家成立于1873年的德国汽车、摩托车、自行车制造公司。1969年被大众集团收购，并入汽车联盟后改组为奥迪。作者在后文提到的“被奥迪公司收购”说法不确。

[2] 德国工程师菲利克斯·海因里希·汪克尔（Felix Heinrich Wankel）在1960年举办的德国工程师学会会议上发布了由其主导设计的全新无活塞回旋式发动机，亦称转子发动机。1967年NSU车厂与雪铁龙公司为制造与行销汪克尔发动机及相关零件合资成立寇摩托公司（Comotor SA）。

家族的名号牢牢地扎根在法国西南地区。尽管载人能力惊人，但这辆NSU双转子轿车是一场彻底的灾难，发动机故障五花八门，防不胜防。Ro80本应引领未来世界的技术和创造力，却壮志难酬，销量一落千丈，没过多久就导致了NSU品牌的破产和消亡，最终被奥迪公司收购。总之，这辆名声大噪又有些拙劣的汽车到我家时，正逢我父母的关系开始变僵，同时恶化的还有牧师和他的教会的关系。

整个1968年春天，门面稍做翻新的斯帕戈影院受到新风气的影响，一派勃勃生机。和其他所有社会团体一样，电影小世界也被极端自由主义的龙卷风横扫，这阵风席卷了工厂、大学和仍铺着街石的旧世界的街巷。听到戈达尔在戛纳宣扬电影产业罢工和各种斗争互相配合，我母亲，安娜·马尔热里，变身为当地的“艺术与实验”女神，加入了戈达尔的战斗，把影院的档期全部推翻重排，开放斯帕戈的场地做各种大集会，组织五花八门的辩论。唯一的不利因素就是每每活动都会搞到很晚，在深夜潮湿的烟雾和令人兴奋的批评中结束。

每天下午，安娜会排当年的新片，《罗斯玛丽的婴儿》[1]、

[1] *Rosemary's Baby*，犹太裔导演波兰斯基执导的电影。

《狂欢宴》[1]、《2001太空漫游》[2]、《偷吻》[3]。但到了晚上，出场的是马克思、列宁、托洛茨基、毛泽东和巴枯宁，场次顺序随着一波波如潮水般涌来的小团队而定，他们让整个大厅兴奋不已，尽情展现各自“提高群众觉悟”的能力。

母亲有时会带我去参加几个诸如此类的集会。十三岁时，我发现了一片未知的土地，我被一种闻所未闻的自由的新语言迷住了，这种语言对我而言几乎是陌生的，充满了傲慢、愤怒、不敬和幽默，每时每刻都用语不惊人死不休的字句对生活狂轰滥炸。显然，他们说的话、做的事我几乎一点儿也不懂，但我感觉到了语义最初的震颤，最基本的频率，诸如“我们的国王，查理曼大帝，远征西班牙整七年”这样的句子。那些言论萦绕在我的脑海中，就像DS19的车顶炸毁后依然萦绕在我外公外婆脑海中的诗句一样。

在电影院的大厅里，安娜装了几块大大的展板，上面有电影放映时间表、辩论主题预告、一堆交叉错叠的标语和一些有用没用的信息：“如何制作莫洛托夫鸡尾酒[4]：在一个瓶子里装上

[1] *The Party*，美国导演布莱克·爱德华兹执导的电影。

[2] *2001: A Space Odyssey*，美国导演库布里克执导的电影。

[3] *Baisers volés*，法国新浪潮导演特吕弗执导的电影。

[4] Cocktail Molotov，也译作“燃烧瓶”，是游击队等非正规部队和街头抗争群众的常用武器，有些罪犯也以此来纵火。

2/3 的汽油、1/3 的沙子和肥皂粉，再用一块浸过汽油的破布塞住瓶颈。”还有一些神奇的句子，带着一种莫名的熟悉感，一眼就印在了心里，比如“和昆虫一样，一头撞在窗玻璃上”，这句话我永远都忘不了。还有另一句也挺难忘的：“我们不要这个不会被饿死而注定会无聊至死的世界。”此外，在大大的展板上也能读到一些很有针对性的警示，一些诸如“戈达尔，瑞士亲华派里最愚蠢的家伙”[1] 之类的大字报，这在影院大厅和门口的人行道上引起了富家子弟中修正主义者和毛主义者之间的激烈争执。最后，还有一张 A4 纸，应该是所有标语中最不显眼的一条，用图钉钉在展板左边最不起眼的角落里。但一天晚上，父亲来接我和母亲时，他站在这张纸前面愣住了，像一条待命的匈牙利短毛垂耳猎犬，纸上写着：“如何在教堂的阴影下自由思考。”

站在这张小小的檄文前，父亲和丈夫的身份顿时消失在空气中，只剩下一个受了气、蒙了羞、感到众叛亲离的神职人员，开着那辆装了由菲利克斯·海因里希·汪克尔发明的精妙的转子发动机的 Ro80，把他没心没肺的妻儿接回河畔的公寓。

我记得那晚发生的一切，记得他俩为了动摇对方的信念

[1] 原文来自“五月风暴”期间景观理论的提出者居伊·德波对新浪潮电影奠基人之一让－吕克·戈达尔的评价，后者曾执导政治电影《中国姑娘》。

而说出的话，抬高的嗓门，潮湿闷热的空气，河里泛起的淤泥的味道，还有父亲摔门而去时发出的冰冷巨响。那天晚上，这个来自斯卡恩的男人在半夜离家出走，为了找一个地方把自己埋进愤怒的沙堆里。

但在此之前，牧师心中燃烧着上帝的怒火。他用带着一丝日德兰口音的规范的法语吼道："你还知道自己嫁了一个牧师吗？不管你喜不喜欢，事实就是这样。正因为这样，我提醒你，你至少要守住底线，不侮辱我的圣职，我可以忍受你从不踏足教堂，很多信徒甚至以为我是单身。你说要每天晚上开放电影院搞政治集会，有几次集会最后参与者大打出手，是共和国保安队[1]出动才得以制止，我从来就没说过一句。本地报纸上有一篇文章说你是这场运动的'热情之花'[2]，说你的电影院是'一个革命先锋的艺术熔炉'，我还是一句话都没有说。但今晚，看到'如何在教堂的阴影下自由思考'就这样贴在你的展板上，在你的电影院里，我真的感到羞耻和屈辱。这个我没法理解，我没法理解。而且你怎么能带十三岁的儿子去看那样

---

[1] GRS，法国国家警察下属的一支专门部队，主要负责维持公共秩序与安全。

[2] La Passionaria，西班牙共产党和工人阶级领袖、国际共运的著名活动家多洛雷斯·伊巴露丽（Dolores Ibárruri，1895—1989）发表文章时使用的笔名。她出身矿工家庭，是"矿工的女儿，矿工的妻子，矿工的姐妹"，著有自传《唯一的道路》。

的闹剧，看那些叛逆的大学生口无遮拦、百无禁忌、互相抨击的场面。他这个年纪的孩子，大晚上在那种地方做什么？这正常吗？我不知道你想怎样，安娜，我完全不能理解。”

母亲喀秋莎火箭炮般猛烈的反攻很快就落到牧师身上。安娜或多或少借用了革命小将们的论点，他们只想把命运重新掌握在自己手里，摆脱神明和主人，把权力还给工厂里的劳苦大众，实现终极目标，为什么不摆脱束缚、享受生活？

对当时的牧师而言，哪怕他是来自斯卡恩的丹麦人，吃鲽鱼和鳗鱼卷、在尊重和宽容的环境中长大的渔民之子，也不得不承认，这样的药还是太猛了，太简单粗暴，很难一口咽下去。

这就是为什么，那天晚上，约翰内斯·汉森打断了和妻子的对话，重重地摔门而去，跑下石阶，钻进汽车，发动机发出独特的声响，他离开了家，驱车沿着隆巴尔堤岸的一排法国梧桐行驶。

说到底，他无法分清善与恶的纠葛，无法预知未来世界的信条，那天夜里，他无法在自己身上感觉到哪怕一丝一缕的信仰。

那天下午，散步的时间很短。-20℃的天气，我们当中几乎没有人到院子里透透气。帕特里克和我是例外，尽管我很难忍受这样刺骨透心凉的寒风，而霍顿则好像是保温材料做的，可以和严冬隔绝。甚至在气温更低的时候，我看到他在院子里，躺在健身长凳上做运动，光着膀子，仿佛他举起的是春天的“铁”。他很喜欢用这种方式标记他雄霸一方的领地，展示自己的身体潜能，让人望而生畏，狱警和囚犯都对他敬而远之，大多数囚犯面对面时只会放狠话，很少聊天。

今天，他第一次跟我聊到他父亲，说他是职业技术学院教机械工程的老师。他从来没有见过父亲度假或休息，总是一心扑在教学上，热情洋溢地帮助成百上千的青少年迎接他们未来的工作，帕特里克说他甚至完全忘记了妻子和三个孩子，当他在家里遇到他们时，他习惯视而不见。“一开始，当我们还是小孩子时，我和弟弟妹妹都想知道，是不是我们做错了什么他才这样对我们。有一天，我们去问妈妈这个问题。当时，她给了我们一个最愚蠢的答案：‘他有很多工作要做。’我们心领神会，母亲不想谈论这一切。于是，我们也和他一样，大家一起生活，却当他不存在。不过有一天，我还是忍不住躲在职业技术学院附近，就为了看看他对待其他人的态度。妈的，在课间，我看到了他，我从来没有见过他这副模样，显得年轻而活跃，和大家说话，和那些该死的学生打趣，微笑地看着这帮孩子，好像他们才是他自己的孩子一样。最要命的是，他似乎很爱他们，真的很爱他们，他在课间跟他们说的话比一辈子跟我们说的话都多。那天我哭了，不骗你。我什么也没有告诉弟弟妹妹。我们继续过着形同陌路的生活，我一有能力就离家出走了。今天，这个浑蛋退休了。我妈一直和他在一起。我有时会给她打电话。我们从不谈论他，仿佛他已经死了。”

我们去院子里的一条长凳上坐了一会儿，长凳是用螺丝固定在地上的。我们再没有说一句话。刺骨的寒风打在脸上，从羊毛帽的缝隙里钻进来。暮色渐渐降临，很快这个地方就会像坟墓一样黑暗。一个我不认识的犯人走过来，坐到长凳的另一端。甚至在他还没坐定之前，霍顿看都没看他一眼，只说了一句：“滚开。”对方就跟触电一样跳了起来，飞快地逃离了我们，仿佛刚看到自己脚下裂开一个大洞似的。

回到我们的牢房，两个狱警已经在里面，把我们的东西弄得乱七八糟，犄角旮旯都被翻了一遍。马桶盖布扔在床垫上，T 恤被揉成一团丢在马桶边，牙膏和牙刷散落在地上。“妈的，这乱糟糟的，在干什么啊，小喽啰。”全面大搜查。我们监区的一个牢房里发现了毒品。就在两个狱警准备离开房间时，霍顿示意他们过来。“妈的，你们搜不到吧，我可把东西都藏在这里了。”帕特里克边说边隔着裤子一把抓住他的命根子在狱警眼皮底下摆弄起来。两个小喽啰没有一个愿意过来查验霍顿说的是否属实。看到自己占了上风，他越发放肆。“这儿有一大包，可是好货色。”

当牢房的门再次关上，得把所有东西都规整放回原处，叠好衣服，弄脏的得清洗。帕特里克气呼呼地咕哝着，像一只被关在笼子里受到看守虐待的离群的大猩猩。等一切收拾干净后，他打开画册，拿出铅笔，抬手画了几条直线，还有一些断断续续的线，之后是一些特别的曲线和一些大致的轮廓，就像一个斯卡恩画派的学生，默默沉浸在完美的光影世界里，那个父亲从来不存在的半岛，那个只有他自己熟悉的地方，既然不能再造世界，从小时候起，他就努力把这个世界描绘出来。

需要时间才能淡化 1968 年“五月风暴”在我父母生活中留下的划痕。母亲在她三十八岁那年一头扎进历史的旋涡，而在玻璃的另一边，父亲只能双手背在身后，眼睁睁地看着她在里头打转。

一系列事件发生后的一年里，我父母努力修复这场狂欢的轰炸对他们夫妻关系造成的伤害。1969 年夏天，我们全家人乖乖坐在NSU Ro80灰色的天鹅绒座驾上，决定穿越2 420公里，那是将两个属于完全不同星系的星球隔开的距离。出乎所有人的意料，双转子发动机显示出了自己的优势，安娜和约翰内斯轮着开，两天多一点就开完了全程。这是我第一次去日德兰半岛，一到那里，就感受到了能把沙丘夷平的大风，沐浴着给水面镀了一层银光的通透光线，感受着人多得像一支小部队的父亲家人的亲切关怀，我立刻就有了一种奇怪的回到家乡的感觉。很快我就和他们一样，会和鲱鱼聊天，能预知风暴，在靠近仓库的地方，我坐在两个汉森家人中间，给用来喂鱼的鱼粉装袋。

所有人说话都很大声，笑声像抽打鞭子的声音一样响彻我们聚在一起的大房间的每个角落。各式各样的食物摆在小盘子里，但这些饥肠辘辘的巨人很快就吃完了。我母亲和我听不太懂他们在说什么，但我们一只手紧紧握住酒杯，努力保持嘴角礼貌的微笑，就像两个度假的英国游客，渴望融入的腼腆闯入者。时不时地，父亲走过来，揽着我们的腰，把我们介绍给一个比一个高大的汉森家人。约翰内斯讲了一则关于我们的逸事，对方听得哈哈大笑，而我们却听得云里雾里。之后，房间渐渐空了，男男女女都聚到院子里。就像从前人们会围在一辆新的弗里西亚马车四周一样，今天他们在

Ro80 周围围成一圈。我父亲掀开发动机盖，向家人揭示汪克尔转子发动机的秘密，它是遵循奥拓循环[1]的。汉森家的人带着崇敬静静地聆听我父亲的讲解，甚至从尖尖屋脊上轻轻扫过的风都没有打扰到他们。那一幕就像是一帮“信众”被一个修车行老板的“布道”给迷住了，他高谈阔论一个完美世界的建造是多么神圣，需要多么有耐心。

我很早就明白，新教信仰是一项要求不严谨的活动，规矩比较灵活，摆脱了天主教徒僵化的条条框框和礼仪束缚。每个教区都可以自由组织弥撒，没有统筹安排，牧师也没有实权。他们主要负责对宗教文本发表评论，或邀请其他人主持每周的集会。因此，在我们到达后的那个星期天，斯卡恩的牧师亨里克·格拉斯就邀请我父亲坐在麦克风前，认为他在这里主持集会再合适不过了。从他后来给我们概述的内容来看，约翰内斯首先谈到了从世界各地吹来的风，这股狂风带来的新事物和诱惑就像乱舞的风沙侵蚀着我们的生活，阴险地掩埋了我们的教堂和信仰。他谈论这个时代刚刚经历的

---

[1] le Cycle Beau de Rochas，又称四冲程循环，是内燃机热力循环的一种。该理论 1862 年由法国物理学家阿尔方斯·博·德罗沙（Alphonse Beau de Rochas）提出，1876 年德国工程师尼古拉斯·奥拓（Nicolaus Otto）将此原理应用在发动机制造上，这种发动机具有转动平稳、噪声小等特点。

动荡，可能会让我们每个人心生一些合理的怀疑和困惑，他还挖空心思用了几个我已经不记得的比喻，最后以他惯用的那一套作为结束：教堂被掩埋了，我们毕生的义务就是挖掘，把沙子刨开，只有这样我们才能继续每个礼拜天聚在一起，在信仰中找回自己。

他的发言似乎让当地人大为动容。在教堂前的空地上，他们将我父亲团团围住，一个劲儿地感谢他，称赞他出色的布道。这样热烈的反响让我父亲幸福得脸都红了，平时他费尽心思写好的布道文最终都是在图卢兹听众的冷漠中随风而散。

关于风沙的陈词滥调，我母亲和我早就听腻了，但在丹麦人这里，我们还是忍住了没有戳穿，耐心地等众人的热情退去后，去巨人们的餐桌上共享家庭晚宴。

临走那天，我们都已经在Ro80里坐好了，一个男人急匆匆地朝父亲打开的车窗走来。他们交谈了几句后，我看到约翰内斯露出了他最灿烂的笑容。他从车上下来，打开大大的发动机盖，接下来就是关于汪克尔发动机性能比较优势的长谈。后来我们得知那人正准备买一辆让人欢喜让人愁的同款车，他虔诚地听着牧师的介绍，牧师也没有放过这个表明他对这些大胆的机械创新充满信心的机会。那天，这些大胆的创新比有关神学的高谈阔论更让他心潮澎湃。

在日德兰逗留的这段日子，我正处在情窦初开的年纪，我意识到丹麦人很喜欢我母亲。不管我们去哪儿，她的姿态、身材和美丽的轮廓都吸引着男人们的注意。对于一个十四岁的少年来说，注意到自己有一个性感的妈妈，这可不太容易接受。单单“性感”一词，就让她脱离了孩童眼中母亲的形象，变成了孩子不再认识的另一个人，虽然她还是牧师的妻子，但她掌握着神奇的力量，能勾起男人的欲望，因为她拥有神圣的魔力，不管是迷人的五官还是曼妙的身姿，都是世上男人梦寐以求的东西。她三十九岁，她是我的母亲，但我却要学习重新认识她，这个全新的女人从今往后每天都要在家里和我们一起生活。

丹麦之行让我们每个人都焕然一新。父亲找回了故乡土壤的气息、两片海域之间的喧嚣和家人的热情。母亲沉浸在明亮绚丽的风景里。而我则学会了几个最基本的句子，比如，Mange tak“非常感谢”，Jeg er ikke sulten laengere“我吃饱了”，Jeg har søvn“我困了”，Eller er min far“我父亲在哪儿”，以及 Der er en smuk båd“这是一条美丽的船”。我也明白了，尽管我在法国长大，接受教育，法语是我的母语，但我首先是汉森家的人。我身上有一种说不清道不明的东西，它来自这个地方，总会把我带回到这里。不知道为什么，十四岁的我在脑子里有了一个念头，等那一天来临，我要回到这里，在巨人中间死去。

去的时候我们一路顺利，驱车直达日德兰半岛的北端，但回来时却全然不同。车刚开到奥胡斯[1]就第一次抛锚了。长啸一声，轻微振动了几下，发动机就兀自歇了三个小时。是半自动变速箱的一个继电器坏了。当地的一位汽车修理工让汽车恢复正常运行，直到汽油泵故障让我们在汉堡又耽搁了一晚。第二天，拖车把我们带到多特蒙德[2]，开进当地 NSU 经销商的维修车间。次日午后我们再度出发，但一直都没弄清楚故障的原因是什么。德国技师试图用英语解释，好像是藏在气缸盖下面某个地方的零件坏了。这位好心人一直用手指着发动机的上部，徒劳地重复着 chatter marks[3] 和 rotor housing[4]，但我父母都不明白他嘀嘀咕咕、指手画脚的意思。因为会的外语不多，技师于是用了通用词 garantie[5]，这个

[1] Aarhus，丹麦第二大城市和主要港口，位于日德兰半岛中东部。

[2] Dortmund，德国西北部城市。

[3] 原文为英语，意为“振痕”。

[4] 原文为英语，意为“转子缸体”。

[5] 意为“保修”。

词在德语、丹麦语和法语中词形是一样的，又反复补充说：“Keine Geld, nein, keine Geld.”[1]用更确切的话说，就是：你们买了一辆烂车，NSU清楚得很，于是打出“保修”牌，维修费用全免，你们什么钱也不用花。Nein.[2]

剩下的1000公里一鼓作气就跑完了，仿佛一口吞下苦涩的药水。晚上到巴黎，上20号国道，途经埃唐普、奥尔良、沙托鲁、利摩日、布里夫、卡奥尔，日出时分，在粉红色的晨曦中，缓缓南下朝加龙河平原驶去。

车停在隆巴尔堤岸附近，父亲熄了火，用手擦了一把脸，说：“多奇怪的旅行啊！”母亲打开后座的车窗，朝河水的方向望去。奇怪的是，尽管这一路花了很长时间，又困又累，他俩似乎都不急着下车，回到他们平常的生活中去，还想再延续片刻这趟漫长旅途把他们凝聚在一起的默契感觉：他们轮流开车，为了达成一个共同目标。回到公寓楼下，两人都暗自担心，有朝一日，又有人会摔门而去。

“Chatter marks.”父亲说。“Rotor housing.”母亲笑着回答。然后他们从Ro80上下来。

---

[1] 原文为德语，意为：“不用花钱，不，不用花钱。”

[2] 原文为德语，意为：“不用。”

今天早上，我收到评估员的一封邮件。他问我是否同意参加一个心理师组织的谈心工作坊，每个人都要在会上向别人讲述自己的“人生经历”，以及自己为何会到波尔多监狱来。如果我没理解错的话，这次活动应该是借鉴了匿名戒酒会[1]的模式。“大家好，我叫约翰，因为严重暴力犯罪进来的，我已经八个月没打人了。”大家齐声说：“太棒了，约翰！”掌声。

法官对我的所作所为了若指掌。他听取了所有证人的证词，并审问了我很长时间。他判了我两年监禁。该说的都说了。如果他们想提前释放我，那是他们该操心的事儿。我不会像鸟雀一样，为了乞求两个月的自由就去他们手中啄几粒悔罪的谷子。

我不会给维果·莫滕森回信。我原本对他有所期待，但现在对他失望了。

“妈的，你摊上这种事儿，真的会被吓坏的。你读过《圣经》吗？哦！我他妈的在跟你说话呢，《圣经》！”我从没想过帕特里克竟然会问我这样的问题。没有，我虽然是牧师之子，却从没读过《圣经》。但他，他从哪儿弄到这本书的？“这是我

---

[1] Alcooliques Anonymes，酗酒者们自发成立的互助团体。成员在集会上分享自己的戒酒经历，以帮助其他人摆脱对酒精的依赖，过上新的生活。

进来蹲号子时，老妈塞进我包里的。她说：‘看看吧，对你没坏处。’妈的，我十分钟前刚翻开这玩意儿，我敢打包票，这些‘兄弟’都是狠角色。要是哪天他们动起手来，我敢保证，那跟我们绝对不是一回事儿。碰到这些好鸟，法官都要绕道走。听听这一段。文本前面是写这段话的家伙的名字，还有几个不知道是什么意思的数字。‘《以赛亚书》65:12，我要命定你们归在刀下，都必屈身被杀。因为我呼唤，你们没有答应；我说话，你们没有听从，反倒行我眼中看为恶的，拣选我所不喜悦的。’不，这家伙玩的是哪一套。太火爆了，真他妈太火爆了！等等，还有这一段：‘《马太福音》25:30，把这无用的仆人丢在外面黑暗里，在那里必要哀哭切齿了。’乖乖，还有最后一段：‘《利未记》20:15，必用石头打死，或用箭射透。[1] 人若与兽淫合，总要治死他，也要杀那兽。’不开玩笑，这些家伙都是精神病。要杀那兽。不是吧，等等，他们之间的事能怪到那兽头上去吗？”

《圣经》在牢房里高高飞起，然后像一只被弹丸击中的鸟，摔在起硝的墙根，在这堵墙后可以听到啮齿动物抓挠的声音。

---

[1] 此句应出自《圣经·出埃及记》，而非原文中标注的《圣经·利未记》部分。

半夜，帕特里克·霍顿发出一声撕心裂肺、惊天动地的号叫，吓得我从床上一跃而起，两个狱警飞奔而来，像暹罗双胞胎，拿着泰瑟枪和警棍，为了制止他们以为发生的暴力袭击事件。“我看到它在那里，在我肚子上走来走去，还盯着我看。我不知道是一只大老鼠还是一只田鼠，但是，该死的，那只小动物在我身上走来走去。我看到它了，长官，我看到它了。我要换牢房，我不能待在这里。我忍受不了这些啮齿动物，真的，这让我恶心。你们得做点什么，该死，把监狱长叫来，随便叫谁都可以，但做点什么吧。”这一幕把两个狱警都看呆了，一个神话的破灭，一个黑帮老大的崩溃，他们试图解释，不能为了一只老鼠这种小事就叫醒监狱长。监狱就是一个巨大的鼠窝，一直以来都聚集了各种有害动物。这是众所周知的。因此，就算事出有因可以理解，但不行，绝不能因此把监狱长找来。

这是《圣经》的“复仇”。暹罗双胞胎花时间向可怕的“地狱天使”杀手帕特里克详细解释了情况。凌晨2点，他们用同样温柔、理性的共情与他交谈，就像母亲安抚半夜被可怕噩梦吓醒的孩子。“我不能。我不管，我受不了。带我离开这里。如果没有其他牢房，就把我关在医务室里。不开玩笑，我要疯了。那些老鼠，该死，我受不了。来吧，把我弄到医务室去。”

尽管看起来不可思议，狱警还是用无线电对讲机联系了医务室的值班人员，然后向霍顿点了点头。就像一个被解除重罚的孩子，他匆匆套上毛衣和裤子，看都没看以赛亚、马太和我一眼，就从牢房里逃了出去，仿佛一个认定身后有死神追赶的人一样。

深喉

我很早就意识到，我父亲永远都不会成为一个真正的法国人，成为那些相信英国终究是堕落之地而世界其他地方无非是缺乏教养的偏远郊区的家伙当中的一员。

他难以习惯这个国家，难以理解它并接受它的风俗习惯，这令我母亲非常不快，以至于他们关于这个问题的对话动不动就会引爆其他矛盾。尽管已经在法国待了十六年，但约翰内斯·汉森依然是一个不可救药的丹麦人，喜欢吃开放式三明治[1]，一个来自北日德兰的人，说话硬邦邦的，会直勾勾盯着对方的眼睛，缺乏在我们这里很流行的那种骑墙的态度，轻易就否认明摆着的事实，背弃自己的承诺。

在这个接纳他的国度，他最喜欢的是它的语言，使用它

[1] smørrebrød，丹麦的一种经典美食，在黑麦面包片上放上各种配料组合。

的时候怀着无限敬意，非常注重语法的准确。除此之外，他似乎很难找到一种适合他的生活。他经常说，在他所知道的所有国家中，法国是最爱要求别人拥有共和精神和高尚品德却很少用这一标准来要求自己的国家，尤其是平等和博爱。“你们的总统和小侯爵们戴着特权王冠，比我们可怜的女王玛格丽特二世更像君主。”这是他经常喜欢在餐桌上重复的话，用来惹恼我母亲。他还很看不惯傲慢、善于撒谎和不忠行为，说我们的政府充斥着这些恶习。至于我们的政治家，他只能想象他们在腐败和妥协的浴池中尽情嬉戏的样子。

安娜随即打断了这一连串的责难。“那你为什么在这里生活？你是自由的，你可以回老家呀。”我父亲从不接茬，但我们都能听到他温柔的声音：“因为我儿子在这里，而且我爱你。”

尽管我在法国出生、接受教育，但很多时候我同意父亲对我们国家的负面看法和感受。我完全理解，他这样一个在和平主义和国际主义浪潮中成长起来的身材高大的男人，在人们试图将他套进法式紧身衣时，注定会感到束手束脚。而且他儿子在这里，因此，尽管情况越来越复杂，但他对妻子的爱依然如故。

斯帕戈电影院已经恢复了最初的平静，上座率的高低和电影是否成功息息相关。《红圈》[1]、《特丽丝塔娜》[2]、《小巨人》[3]、《屠夫》[4]、《陆军野战医院》[5]和《大迫供》[6]，1970年的这些电影让我母亲度过了最好的年头之一。影片制作中充满了精彩的新点子，它们完美地融入了我们“艺术与实验”的小影院，看电影依然是一件高雅的事情。在高中，得益于我母亲的身份和当时在年轻人中风靡的电影热，我很快就成了学校里的红人。

至于我，所有这些电影，一部接一部，我都是在斯帕戈看的。有时，在白天，但通常是在傍晚，因为一个特殊的场合、一部特别棒的电影，母亲会组织一场家庭观影会。整个电影院就只有我们一家三口。父亲、母亲和我并排坐在一起，在大屏幕上看一部故事片。我在那里度过了一些难忘的时光，当三醋酸纤维素酯电影胶卷上的画面连续播放时，在这个巨大的放映厅里，我们一家人其乐融融。

我父亲很少跟我们提起教堂和他在那里做的事情。他的

---

[1] *Le Cercle Rouge*，法国导演让·皮埃尔·梅尔维尔执导的电影。

[2] *Tristana*，西班牙导演路易斯·布努埃尔执导的电影。

[3] *Little Big Man*，美国导演阿瑟·佩恩执导的电影。

[4] *Le Boucher*，法国新浪潮导演克洛德·夏布洛尔执导的电影。

[5] *M*A*S*H**，美国导演罗伯特·奥特曼执导的电影。

[6] *L'Aveu*，法国导演科斯塔－加夫拉斯执导的电影。

表演远不如在丹麦那样受到热烈欢迎，他在这里似乎是用礼貌的冷漠提供一种尽可能少的服务。他一如既往认真地写他的布道文，但他内心的什么东西似乎熄灭了。母亲从来没有去望过他的弥撒，而我，我已经很久没去听他那些陈词滥调了，这些废话跟他的同事和死对头们讲的话一样，听起来像一张在先知们的留声机上转了好几个世纪的唱片。

有些夜晚，约翰内斯会坐在面对河流的大窗户前，自斟自饮一杯，等我的母亲回家。夏天，下雨的时候，他打开百叶窗，倾听倾盆大雨的声音，感受从人行道上升起的、生命湿漉漉的味道。对于这样一个有时忧郁有时看破一切的神职人员来说，人们以为他会选择巴赫或亨德尔来装点这些孤独的夜晚。事实上，在那些幻灭的时刻，我父亲听的音乐唱片毫无规律可言，好像它们是自己从架子上掉下来的：李·科尼兹，爱默生、雷克与帕玛乐队，斯坦·盖茨，柯蒂斯·梅菲尔德或齐柏林飞艇乐队在我们的马兰士牌高保真音响和与之配套的 JBL 环绕音响上轮番播放，这组 JBL 音响是我母亲亲自挑选的。在我父母那个年代，音质极为重要，而现在音质的意义已大不如前。那时，为了弥补唱片压制的缺陷、制作的拙劣和 33 转唱片磨损造成的杂音，人们对音响性能的追求到了令人瞠目结舌的地步。对牧师来说，这种音乐或许来自天堂，通过这些由詹姆斯·布洛·兰辛[1]设计发明并在加利福尼亚州北岭地区组装的高音、中音和低音扬声器的神奇纽带传递。

如果约翰内斯还活在世上，如果他知道我方寸生活中的不幸，或许当他读到这条关于我们家扬声器来历的无用但准确的注释时，至少会感到一丝欣慰吧。“如今，世界变得太复杂，无法满足于差不多、模糊的解释和泛泛的评论。我从未如此相信要力求精准、确切，要说出细节。以前你用一幅圣像就可以收买一个人的灵魂——他只想要神灵的庇佑而不求其他。而如今为了得到他的灵魂，你就得陪伴他，回答他的问题，抚慰他的焦虑，像一名匿名戒酒会上疲惫的导师那样耐心地陪在他身旁。”

我父亲就是这么说的。对雨小酌一两杯后，有时他会开始给我讲他的爱好，那些“在尽善尽美的信仰中度过的”时光。有天晚上，我母亲迟迟没有踏上回家的台阶，雨水淅淅沥沥，轻轻拍打着房间的窗户。这次，在喝完第三杯后，他突然失控了，一直支撑他的信仰崩塌了。“我不再有信仰了。一天都没有了。哪怕偶尔的几个小时都没有了。再没有完美，

[1] James Bullough Lansing（1902—1949），美国音频工程师、扬声器设计先驱，也是 JBL 公司的创始人。

什么都没有了。我们上次去斯卡恩的时候，我和老牧师聊了很久这个问题。沉默了一会儿，他对我说：‘可是约翰内斯，我也不再信了，什么都不信，除了这瓶威士忌，每次空了我就再换一瓶。信仰是脆弱的，就像魔术一样，它建立在虚无之上。一个优秀的魔术师需要什么呢？一只兔子和一顶帽子。以前这两样东西我手上都有，而今天，没有了兔子，没有了帽子，也不再有魔法了。’正是这样，孩子。什么都没有了。你和你妈妈从不来看我，对这一切也从不感兴趣，你们是对的。我真羡慕你们。我呢，为了谋生只得继续登台变我的老戏法，我只学过这个。而且没有女人，没有兔子，没有帽子。”

那晚，父亲为我们准备了干酪焗茄子[1]。晚餐放在烤箱里温着，等我们回来享用。母亲回来时小心翼翼，避免弄出开门的声响。父亲已经睡着了。

一大早，仿佛夜里什么事都没发生过一样，帕特里克·霍顿还是踮着脚尖小心翼翼地回到了我们的牢房。之后，当我们吃完早餐回来，一个狱警从门缝里探出头。“我把你的

[1] gratin d'aubergine，一道法国家常菜，即将茄子切片炒熟，淋上番茄酱，撒上干酪，放入烤箱加热即可。

事儿跟头儿说了。问题解决了。维修的人一小时后会过来。”的确，大约中午时分，一名维修工走进孔多，他带着一把猫舌状镘刀、一些金属屑以及一种速干涂料。为了制作混合填缝料，他用一点水稀释粉末，并加入钢屑。然后他开始填补墙壁上的所有裂缝。在他作业时，霍顿像影子一样紧紧跟在他身后，检查每一处修补的质量。“你确定混合填缝料里的金属够了吗？你这镘刀够锋利吗？要手一碰到就会被割破才行，否则一点用也没有。它要过多久才能完全变硬？24 小时？妈的，没办法让它干得快点吗？”这个监狱里的维修工花了一个多小时把孔多全都刮了个遍，然后填补裂缝。他还得去拿另一袋涂料和其他金属屑。完工后，他在我们的洗手池里洗手，他看了看马桶上的盖布，随后又打量了我们一会儿。“你们中谁怕老鼠？”霍顿好半天才承认是他。男人笑着整理东西。“妈的，我猜肯定是你。”

1 月是蒙特利尔一年中最冷的时候。这一周，气温降至 −32℃。尽管房间内有暖气，可室温不过 14℃而已，于是给我们加了几床被子。这些被子是聚丙烯纤维做的，有一股奇怪的气味，让人想起某些以旧轮胎为原料制作的再生橡胶的味道。夜里，我们和衣而卧；白天，我们套上两三件毛衣来御寒。

老鼠们或许已经冻僵在管道里，又失去了它们习惯出没的鼠洞，所以没来我们这里光顾。正因为如此，霍顿的情绪也明显有了改变。他又找回了他的英雄气概，想把很多人都劈成两半。他对我说："今天进来的几个家伙，我认识其中一个。他可是个实打实的摩托车高手。整个蒙特利尔都找不到另一个像他这样的人了。他能为你快速改装他偷来的几辆摩托车，并且，只用一下午，就能干完你给他的活儿。不过，你记着，当你知道他想从你那里得到什么时，你就会明白这家伙不是吃素的。此外，他奸诈得很，散步的时候都不忘带一个刀片在身上。不出 24 小时，他就可以在这儿做出一个刀片。你瞧吧，他呀，毫无疑问，会死得很惨。我跟你说，有朝一日，这个家伙会碰到一个硬茬，把他劈成两半。就像《圣经》里面说的那样：'凡动刀的，必死在刀下'[1]。"说到这里，我最喜欢的《圣经》阐释者裹上厚厚的毯子，开始巡逻，检查掺了金属屑补的那些老鼠洞是否堵严实了。

无论气温高低，给我们提供的伙食总是很差。今天，我们只有用微波炉热了热甚至没有完全解冻的褐色鸡胸肉配豌豆。在监狱里，吃饭常常是这一天最重要的时刻之一，在这

[1] 出自《圣经·马太福音》。

些对饭菜兴味索然的时刻，我没有想到我母亲做的饭菜，我不记得看过她用新鲜食材做饭，却想到我祖父斯文做的美味的斯卡恩鲽鱼配越橘，那种甜和咸在口腔中简直是绝配。

那天晚上，天冷得我无法入睡。我听到管道咔咔作响，还有人咳嗽的声音。有时候一连串的咳嗽声从另一层楼的牢房中传来。这些由于距离而变调减弱的噪声让我想起野兽的叫声和呻吟。

我的父亲刚才来过。我们瞎聊了一些事儿，他在我们的谈话中自然而然地提起 Ro80 汽车。他特别想知道当他在 1975 年底离开图卢兹之后，这辆车变成什么样子了。我知道答案，但我宁可把它烂在肚子里。我知道答案会让他伤心。薇诺娜和努克稍后加入了我们。这是一段宁静的时光。无论生与死我们都待在一起，紧紧地靠在一起，试图给彼此带来我们迫切需要的东西：一点温暖和慰藉。

监禁总伴随着令人不快的气息，消极的想法散发出一股霉味，邪念的恶臭四处泛滥，往昔的遗憾泛起阵阵酸涩。显然，自由的新鲜空气从来不会出现在这里。我们在这密不透风的环境中呼吸着，共同闻到夹杂着褐色鸡肉和阴谋的气息。最后，甚至我们的衣服、毛巾和皮肤都会被这种气味浸染，让我们永远都无法习惯。每一次，在我们放风回来的路上，当外界的空气在十字转门处戛然而止时，内外环境的过渡总是粗暴而残酷的。一阵隐隐的恶心马上提醒我们，我们正在一个不断蠕动的胃里生活和呼吸着，在很长一段时间里，这里会把我们消化掉，然后等到时机成熟就把我们排出去，为了给它自己减减负，而不是为了还我们自由。

我十八岁拿到高中毕业文凭，这并非易事。那次考试很多人都挂了，我全凭偶然被捞了上来。1968 年“五月风暴”时代的宽松已远去，当时每个学生只需提交居住地证明就可以顺利毕业，而在接下来的几年时间里，图卢兹学区大大提高了合格的要求和标准。幸亏我的体育和地理成绩优异，又在其他一些科目上耍了小聪明，最终得以把毕业证书拿给牧师看，并且听到他用安徒生的语言[1]，以一种庄严的口吻对我说：“Min søn, jeg er stolt af dig.” 意思是：“我的孩子，我为你感到自豪。”

事实上，我从来不知道自己在父亲眼里是什么样，有时我会感觉自己像个小混血儿，会不会让他后悔当初没有和一个真正的斯卡恩女人结婚，那样她就会按丹麦人的方式思考、

[1] 指丹麦语。

相爱、吃喝、游泳、亲热并且生一个健壮的丹麦小孩。每个人都会称赞这孩子长得健壮、生得俊俏，而他，一睁开眼睛，就会对赞美他的亲人们说："Smigger er som en skygge: det gor du, eller større, eller mindre."意思是："奉承就像影子：它不会让你变大，也不会让你变小。"

我完全能理解约翰内斯，那个不信律法的牧师，有时会在晚上看雨的时候，幻想他从未有过的孩子。

凭借外来移民的身份，我入读了大学。地理系认为教授我有关丹麦的知识正合适。如果不算格陵兰岛和法罗群岛这两块属地，丹麦的本土面积仅为42 924平方公里，是斯堪的纳维亚半岛上最小的国家。但如果加上那两个地区，它就会一跃成为面积2 210 579平方公里的庞然大物。

我喜欢和旅行有关的地理，那种徒步穿行、顺坡而上时目之所及的风景；喜欢双腿的疲倦酸胀和天空的变幻无常。但我对那些图文并茂的地理书却提不起兴趣。在学校的日子归总起来便是一连串的闲逛、查缺补漏的测验、放映室里影印图片与讲义交织的无尽时光，让我在晚上回家时满心欢喜却浑身疲惫。

家里的情况还是老样子，耐心和爱意却与日俱减。隆巴尔堤岸的这间公寓里，冷漠的痕迹像一层层灰尘渐渐积攒。

牧师依旧准备饭菜，而我母亲依旧晚归。大部分时候，他们的时间是错开的，各自用餐。

安娜自己挣钱自己花，提前做好规划，尽情享受眼前的世界。而约翰内斯依旧恪尽职守，默默誊写《圣经》，粉饰表面的太平，或利用手头上有的东西即兴变一场小魔术，但这场魔术从来都没有帽子也没有小兔子。

1975 年，我二十岁那年，一个世界终结了，我们的世界，汉森夫妇的世界，南方人和北方人的世界。他们曾做出那么多隐忍和牺牲，跨越如此长的距离走到一起，学习陌生语言，买下不可思议的汽车，用他们的方式尽情接吻——一个闭着眼另一个睁着眼，生了一个孩子却不太清楚为什么生或为谁生。他们传播上帝的教义，编排魔鬼的故事，也像保证过的那样每天打扫门前堆积的沙子。他们忍受着这一切，直到筋疲力尽，最终还是走向分手、疏远、离异、撕裂和破碎。

那一年的 4 月 24 日，临近中午时分，因为年头久了，尤其因为油价大幅调整，作为时尚坏品位牺牲品的最后一辆 DS 离开了雅威尔堤岸的雪铁龙工厂。这是一场工业的、没有人落泪的葬礼。公司管理层、政府官员和媒体人或其代表，或许还有我外公外婆的在天之灵，站在生产这台车的车间里，这个以前用来生产大量有毒的次氯酸钠的地方。马尔热里夫妇坚持要出席这场葬礼，来见证被他们视作马路杀手的最后一位代表的消亡。他们丝毫没有忘记瑙鲁兹的那场车祸，更别提原谅什么了。

后来，当我回想起汉森一家的分崩离析却找不到类比的时候，就总把它和雪铁龙的破产联系在一起，和雪铁龙卖掉品牌并离开雅威尔的情形联系在一起。

然而，我们之所以离开隆巴尔堤岸的家并从家族中消失，很大程度上是因为一个叫杰拉德·达米亚诺[1]的人。他是土生土长的布朗克斯[2]人，虔诚的天主教徒，曾在放射科做过助手，后来成了附近街区的理发师。某一天，他拿着黑手党控治的教区里的好心人捐赠的25 000美元，决定拍摄第二部由美国专业电影公司制作的真正的色情电影。剧情和对白写在庆祝节日用的彩纸上。故事仅仅讲述由琳达·洛夫莱斯饰演的女主角咽喉里的奇事，在她身旁围绕着一些时刻准备慷慨献身的业余男演员。电影是和一个住在甲壳虫汽车里的团队一起鼓捣出来的。那次拍摄是在迈阿密温暖的冬天里，只用

---

[1] Gérard Damiano（1928—2008），美国成人电影导演、制作人及编剧，因执导色情电影《深喉》而出名。该影片于1972年在美国上映，引发社会广泛争议和讨论，也引起了狂热的色情片风潮。

[2] The Bronx，美国纽约市五个行政区之一。居民主要以非洲和拉丁美洲后裔为主，是纽约著名的贫民区。

了 6 天就完成了。1972 年春天，电影在美国上映。其中一名演员哈里·里姆斯在此之前只演过莎士比亚的戏剧，而在《深喉》这部电影中，他兼任演员和灯光师。司法机关以涉嫌传播淫秽物品罪对他提起诉讼。有 27 个州禁止放映这部影片，纽约州将它定性为“彻头彻尾的淫秽电影”。它引起了狂风暴雨般的轰动、铺天盖地的批评以及令人头晕目眩的道德评判。然而，能放映这部电影的影院里总是挤满了观众。上映期间，《深喉》这部小成本电影收获了超过 6 亿美元的票房。但要注意一点：这位理发师导演达米亚诺和这些参演的新人演员一样，为期 6 天的工作当时只让他们收获了这座金山上的几粒小石子而已。实际上，绝大部分票房收入以现金的形式日复一日被全国各大影院的售票窗口抽走了，是黑手党安插的收款员搜刮了导演和演员们的钱财。

不过次年，杰拉德·达米亚诺故技重施，拍摄了《琼斯小姐内心的魔鬼》[1]，该片以 7 700 000 美元的票房成为 1973 年最受欢迎的影片。在 32 年的导演生涯中，这位传奇人物拍摄的电影作品多达 48 部，片名都直截了当、夺人眼球，如《屁眼开花》[2]，让人对其剧情的风格、特点以及内容一目了然。

[1] *The Devil in Miss Jones*，上映于 1973 年的奇幻色情电影。

[2] *Splendor in the Ass*，上映于 1989 年的色情电影。

我之所以还记得这些细节，是因为《深喉》这部影片直到1975年8月27日才得以突破重重审查在法国上映。也因为在漫长的等待期间，关于“改革”和“艺术与实验”的争论在我家一度很激烈。

距离这部电影在美国上映已经过去了三年。这三年间，耳鼻喉科医生和影评家们对深喉的不同寻常之处大费唇舌，其中有关于导演的生平介绍，他对待天主教的弹性态度，以及像帽子里的兔子一样变没了的电影票房收入。这些趣闻随大西洋彼岸的海浪漂来，以至于《深喉》在法国的院线上映时，大家都有种似曾相识的熟悉感。

因此，1975年8月27日对我而言是一个难忘的日子，命中注定我们的生活要天翻地覆的一天，长期以来我预感的事终于公开了。

从6月开始，外交部部长米歇尔·居伊解除了进口电影到法国的禁令。我母亲，作为独立影院的经理，联系了法国阿尔法影视公司，为了在斯帕戈电影院放映这部电影。当这一消息传到隆巴尔堤岸，牧师气急败坏，露出他谨慎保守的一面，他还放出狠话：“你觉得我介意的是那个可怜的故事、可笑的阴蒂，还有那些让人给他口交一小时的家伙吗？你觉得是这些让我震惊吗？你真这么认为？不，安娜，让我恼火的，是作为牧师的妻子，你从来没有考虑过你愚蠢的选片对我的影响。如果你在你的电影院放映这部电影，我就完了，我再也没脸去教堂了。众人、报纸和我的信徒们显然会把闹出丑闻的人与那个在周日向他们吹嘘哥林多人美德的人联系起来：‘身体不是用来淫乱的，而是用来献给主的。’你知道你会把我弄得有多难堪吗？你甚至不跟我商量，不问我的意见。我是在接电话的时候碰巧发现的。一个法国阿尔法影视公司的家伙对我说：‘汉森夫人不在？您是汉森先生吗？我有个好消息要告诉您。《深喉》没问题。电影上映后就可以在你们的电影院排片。我们将通知你们具体日期和电影胶片什么时候到。我给你们提个醒，这会改变你们平时的排片风格。’如果你放这部电影，我的整个人生都会改变，安娜，我们的整个人生。”

母亲突然站起来，手掌重重地拍在桌子上。“你只是一个外省的小牧师，一个畏首畏尾的新教徒，保守，对改变视而不见。你什么也看不见，什么也不懂，你武断，爱评判，拿着你的《圣经》，就像挥舞着刑法典一样。你仍然生活在 19 世纪，还沉浸在你的鱼粉和被沙掩埋的半岛的故事里。你让我感到厌烦，约翰内斯·汉森。在世界各地，所有人都去看这部电影，它或许是一部烂片，但它标志着我所从事的行业的一个转折点。我不知道它意味着怎样的转折，但我肯定它是一个事件。所以我告诉你，我不会放弃这一切来平息一个不顾妻子工作的丈夫的职业焦虑。放电影，这是我的工作，约翰内斯，你明白吗。当我拿到的是一部伯格曼或塔可夫斯基的片子时，我放映的就是形而上学和神秘主义；当它是一部达米亚诺的影片时，我放映的就是口交，口交和阴蒂。如果女性喉咙里的这点小事让你陷入这样的境地，我真的很抱歉。”

说完，安娜走出房间，离开公寓时砰的一声关上了前门。

那天晚上，我意识到从某种意义上说，我和父亲就像最后一批离开装配线的DS车型的雪铁龙汽车，在我们的前后都有孤独和不确定的深渊。在这场家庭冲突中，尽管我显然赞同母亲自由主义、实用主义和现代主义的观点，但我仍立即站在了约翰内斯这一边。或许是因为某种丹麦血统内在的团结，也因为看到父亲的绝望、失去了信仰，忘记了他所有的魔法，一边等我母亲回家一边无言地看着倾盆大雨落下，这深深震动了我。他的生活与我看过的所有电影、我们周围的世界背道而驰。就像他的NSU的汪克尔发动机一样，尽管在转但并没有真正前进，油门踩得不够用力，没办法让车如脱缰之马奔驰而去。

该来的还是来了。一份专门刊载演出和即将上映的电影信息的免费出版物将斯帕戈列入了计划放映《深喉》的电影院名单。随着该片放映日期的临近，媒体上出现了越来越多的争议，一些卫道士联盟强烈批评喉咙深处这种违背自然的用途。在新教圈子里，每个人最终都把这家电影院不择手段的谋利者和汉森牧师联系在一起，人们越来越难找到一个合适的答案来回复来自社区中最保守的那一部分人的尖锐问题。

1975 年 8 月 22 日，那是个星期五，我父亲被教区理事会叫去，理事会跟他解释说，因为这种非常特殊的情况会让双方都处于尴尬的境地，所以他们已经决定暂停他的职务，这一措施立竿见影。

如今，我在家里看到的是一个沉默寡言、魂不守舍的男人。

8 月 24 日星期天上午，约翰内斯待在家里。之后他出门去加龙河河畔走走，打了几通电话，其中一通是用英语打的。他没有拨任何一个丹麦号码，想必是希望让他的家人远离所有流言蜚语，免得要跟他母亲解释他的不幸。自从周五和教区理事会谈话后，父亲就知道他被彻底扫地出门了，他再也找不到自己的教堂了。此外，如果安娜的现代主义随后又促使她在次年引进《琼斯小姐内心的魔鬼》，之后是《屁眼开花》，那他要怎么为自己回归教会和留在教会任职申辩呢？

毋庸置疑，8 月 25 日的票全部售罄，接下来的几天和几周亦是如此。当然，这部电影没什么好深究的，当地的一个评论家在观影后认为它只是为“沉迷视觉享乐的饕餮之徒”准备的。

除了隆巴尔堤岸，父亲很少去其他地方。他似乎接受了自己的失败。我注意到他花了不少时间打电话，用英语和法语与对方交谈。他和我母亲已经不再争吵了，只有在解决一些棘手的家庭日常事务时才会彼此沟通一下。再也没有提到达米亚诺或琳达·洛夫莱斯。外界的喧嚣渐渐平息了。有一段时间，因为丈夫的事业突然一落千丈，安娜有些心烦意乱，但她很快又恢复了光彩，名利双收，而且从来没有黑帮过来搜刮她的钱财。

9 月中旬的一天，晚饭时间，外面暴风雨大作，我父亲平静而洪亮的声音轻易就盖过了轰隆隆的雷声。“现在，我只想告诉你两件事：第一，教区理事会一周前召见我，确认了我不可能复职，但没有详细说明原因；第二，我找到了一份新工作，我将被任命为塞特福德矿山卫理公会教堂的主牧师。那是加拿大魁北克省的一个小城。我将于 11 月 1 日上任就职。我 10 月中旬就会去那里定居。在那之前，我将努力从行政意义上抹去我在这个城市和这个家里的所有痕迹——我知道你们法国人在这一点上就喜欢拖拖拉拉。在这种情况下，安娜，在我看来，我们离婚在所难免。离婚条件你说了算，当然，我走之前会签署你需要的所有文件。不必多说，那个小城永远欢迎你们的到来，我对小城几乎一无所知，除了知道它是靠石棉矿发展起来的。”

用一个真正的丹麦女人的决绝，我母亲从桌边站起来，傲慢而愤怒地盯着约翰内斯·汉森的蓝眼睛，在那一刻，她一定觉得汉森是个自私自利的小牧师。“离婚文件已经准备好了。你可以在门厅柜子的抽屉里找到它们。”

“你在想什么呢，twit？”我没想到霍顿会问我这样的问题，也没想到他会友好地用“twit”来称呼我，法语中与这个英文单词意思最接近的是“白痴”。我本来可以告诉他我正沉浸在一个多年来埋藏在我心底的世界里无法自拔，一个旧世界，在那里人们可以因为一部烂片分手，我在那里住了快二十年，那里还有我的位置，坐在桌前，在父母中间，那天晚上，我最后一次看见他俩难得坐在一起。那个世界，今天什么也没有留下。牧师就死在我眼前。安娜与一个不知名的瑞士电影出品人同居生活了很长一段时间，五年前，她死于故意过量服药。在我父亲走后不久，NSU 就被偷了，并在一起交通事故中撞得稀巴烂，最终进了废旧汽车清理场。至于斯帕戈电影院，它的命运符合市场潮流的变化，渐渐萧条，之后被我母亲卖给了一个马赛的年轻人，他抛弃了“艺术与实验”的标签，把电影院变成了色情电影的乐园，更名为“草地”，之后又更名为“锯齿线”，最后变成了一家连锁眼镜店，跟这个地方的过去再无瓜葛。

这就是“白痴”在1月的这个晚上的所思所想，气温一直在下降。很快，新添的被子也嫌不够了。锅炉暖气虽然开到了最大，但设备太旧了，抵挡不了冬日的严寒。

“你看到昨天在纽约和世界上许多城市发生的事情了吗？3 000个家伙同时脱掉了他们的裤子。一下子就有3 000人，你信吗？这似乎是‘无裤日’[1]的庆祝活动。发言人解释说：‘俱乐部的成员这样做是为了感受不穿裤子更自由，而且，这一天，他们仍然正常工作上街，但只穿内裤。’……不开玩笑，简直是天方夜谭！想象一下，一个穿着丁字裤的狱警出现在孔多，对着你大喊：‘汉森来接待室！’或者法庭上的法官，穿着内裤对着你高谈阔论。妈的，‘无裤日’太劲爆了。

[1] No Pants Day，完整名称是“不穿裤子搭地铁日”，是由美国民间组织“处处即兴”在2002年发起的一项活动，意在让人们尝试摈弃保守，庆祝自由不羁的一天。

我跟你说，哥们儿，我们正生活在一个疯狂的世界里。话说回来，我完全不介意他们在外面招摇。但在 1 月，这个气温，这成了一项要命的极限运动。”

一种阴暗而令人尴尬的东西，忧愁像一条厚厚的披肩裹住了我的肩膀。霍顿继续滔滔不绝地播报他从广播中听到的有关新文化的重大消息，但他的消息在飘进我的耳朵前就乱作一团。

我经常觉察到这种心不在焉，这种不自在。尤其在回想起所有死去的人时，我越发感到自己的孤独。现在，我是南方汉森家族的最后一人了。

塞特福德矿城

父亲走后，安娜没有做任何努力改善和我的关系，她依然我行我素，仿佛无事发生，完全无视仍在我们的公寓里进进出出的牧师的影子。那时的我对母亲怀有深深的怨恨，因为她什么都没有留给约翰内斯，就让他像过客一样远走他乡。这道伤口永远不会愈合，次年夏天我飞到加拿大与父亲团聚后就更不可能了。

如今的塞特福德矿城不仅地貌怪异，而且审美品位也让人啧啧称奇。除地名给出的线索外，实事求是地说，并没有什么特别的地方。这座城镇（北纬 45° 06′，西经 71° 18′）拥有 25 000 名居民，平均每平方公里 100 人左右，人们散居在总面积 225.79 平方公里的区域。蜿蜒的贝坎库尔河流经这里，它与北边的舍布鲁克和南边的魁北克这两座城市的距离相等，隶属肖迪耶－阿帕拉什地区。城里有综合医院、普通与职业教育学院、会展中心与室内游泳馆，呈现出一派相对繁荣的景象，每年举办保隆新声音乐节与古董车展。塞特福德保险队与塞特福德蓝袜队分别是该城的冰球队和棒球队。

抵达这里后，上述平铺直叙的城镇概况介绍被眼前的景象所取代，目之所及无不是惊人的挖掘现场，那些直抵地心深处的巨型坑洞围绕着整座矿城。这是一个末日降临后的世界。一座又一座的矿山，露天开采，挖到地球深处，就像一个个巨大的月球陨石坑和火星坑，矿坑内部台阶层层交错，坑道曲折纵横，渣料堆尘土飞扬，宛如一只只沉睡的巨兽。面积广阔的湖泊散落各处，绿宝石般的湖水仿佛从天而降，成为这片充斥伤痕与悲恸的晦暗风景中，一汪汪闪闪发光的近乎超自然的存在。

塞特福德矿城最后吞并的小镇名为“石棉”[1]，这充分说明了矿床的性质。距离矿城不远处，还有一座小城叫“石绒”[2]。

这里是我父亲生活的地方，有着异常恶劣的采矿环境，到处飞扬着纤维和尘土，大片的土地被开掘、被撕裂、被轰

---

[1] 原文为法语词“Amiante”。

[2] 原文为“Asbestos”，是石棉的拉丁文写法，中文译为石棉的别称“石绒”。

炸，诞生出一座失真变形的城镇。自 1876 年以来，温石棉[1]一直是统领此地的王者。

约瑟夫·费克图是矿床的发现者，这名拥有“金手指”的农民用指甲在地上抠了抠就发现了温石棉矿。罗杰·沃德、约翰逊兄弟及大量工人紧随其后，这些投身新型工种的土地劳动者开始了深可见骨的犁地作业，他们破坏地表景观，将底土划成四方形，并利用炸药对付成堆的白色纤维状石棉岩。蒙特利尔大学第四纪地质学的研究者们在他们撰写的关于“构成塞特福德矿区更新世的三期地层序列”的论文中如是描述道。

如此看来，牧师布道的地方正位于旧石器时代的心脏地带。他穿越万水千山，回到人类的发源地；彼时，最早的一批人类正带着他们打磨的石器出现在大地上。如今，他们的子孙驾驶着能上天入地的挖掘机，在起源地的遗迹中深挖，在堆积的地层里刮划，仿佛一群急于找到埋在地下的骨头的金属狗。

露天矿井通常与开采公司同名，而矿井周边街道采用的也是相同的命名法。例如金氏、贝尔、比弗、约翰逊等。频

---

[1] Chrysotile，又称“白石棉”，是最常见的石棉形式。它是一种软的、纤维状的硅酸盐矿物，常被用于建筑材料中。

繁往来于地底深处、地层的纤维状脏腑及地表之间的巨型翻斗车在路上犁出一道道深深的沟壑，令街边居民的房屋如临深渊。这里漫天飘浮的尘埃和日光从未激起任何画派的创作灵感。

1975年的塞特福德矿城拥有世界上最大的温石棉矿场之一，它无怨无悔地生产着，无休无止地被开掘着，无人关心1934年至1954年间发布的26项健康研究，其中提到的患石棉沉滞症与肺癌的病人都曾在宾夕法尼亚州、威尔士和魁北克从事石棉产业的相关工作。

1975年，我父亲搬到塞特福德矿城，而巴黎朱西厄校区于同年爆发了石棉丑闻。人们发现该校区使用的石棉建材老化严重，导致危及学生健康的粉尘大量散布。大学被勒令关闭。为恢复健康的教学环境，一队潜水员装扮的工人在数年间对建筑主体进行了彻底的清洁。

同一年里，塞特福德矿城的矿井创下产量纪录，KB3温石棉无处不在，空气、水、土地、花园、房屋、学校、碎石路面，甚至约翰内斯·汉森的教堂，到处都能见到它的踪迹。

卫理公会塞特福德矿城教堂及其牧师住宅1956年由企业主大卫·斯科特筹建，位于米切尔区，这里不仅生活条件艰苦，同时也是受矿井开采影响最严重的街区之一，教堂的一

张建筑图纸很能说明问题："外立面：主体材料为石棉。墙体：石棉。屋顶：石棉瓦。" Deo gratias.[1]

上帝和约翰内斯·汉森在这种地方做什么呢?

1976年，背着卡其色帆布旅行包的我与一队欢乐的度假者同班机抵达加拿大。当时，我刚从图卢兹地理学院拿到6个微不足道的学分，尽管与一年级学生需修习的学分相比还差得远；我身上还余有一点首次赌马赢来的钱，那天是我的幸运日，尽管我把快乐建立在赛马的痛苦上。

机场的警犬不停在我周围闻来嗅去，以确保我并未携带任何可能违反由农业部颁布的严格保护法令的各类粉末、种子或食物。随后，过关的我登上一辆大巴车，坐在靠窗的D1位置上。历经3小时45分钟的车程，我终于在傍晚抵达112号公路的尽头，抵达魔鬼的喉咙深处。

牧师在终点站等我。他看上去恢复了活力，快乐得像一个正在度假的丹麦人。

我抱住他，仿佛我从前从未拥抱过他似的。他开着一辆1966年款的福特野马来接我，那辆车似乎也是来自更新世地

[1] 原文为拉丁语，意为："愿上帝保佑。"

层，其机械结构显然不是由菲利克斯·海因里希·汪克尔博士设计的。我们抵达了卫理公会塞特福德矿城教堂的牧师住宅——我父亲的住处。几株冷杉遮掩着建筑外墙，给这座实用建筑的外观添了一丝灵气。

父亲没有问我旅途是否愉快，或他的前妻是否还活着，抑或她的电影院是否还坚持放映《深喉》之类的电影。没有。他对我说出的第一句话是："你看见那些坑了吗？我还是看不惯。"之后，我在晚餐后回想起这段开场白，问了他唯一真正重要的问题，那个我本该在他告知我们要去加拿大的当晚就问的问题。与其在遥远异国找一份新工作，为何不回他的家乡日德兰半岛呢？"我当然想过。但我意识到自己已经算不上一个地道的丹麦人了。我在法国待的时间太久，那些和你母亲在一起度过的时光。我花了太多时间学习正确的书写习惯，比如区分相似的词语，牢记语法规则，但结果还是忘记了'当两个动词相连时，第二个动词要用不定式'或者'当直接宾语前置时，过去分词需要跟它配合'。在这里，两个世界我都能找到一点点，来自你祖国的法语和来自我家乡的气候，还有人与人之间互帮互助的温情。这是你在这儿的第一个夜晚，我们大可以聊点儿别的。我特别想听你给我详细讲讲，是什么刺激你去赛马，还有，你是怎么赢得那么一大笔钱的。"

约翰内斯本来对赌博并无兴趣，但我从他的话中能感受到他的兴奋，尤其是当他听到他的儿子仅靠运气就在几秒钟内赢得了相当于他三个月工资的钱。但当我提议一起去赌马时，他紧闭起心门。“一个仆人不能事奉两个主。《路加福音》16:13。”这是牧师刻板的一面，引用总是准确无误，但换言之，这难免让人感到无趣和厌烦。

昨晚，监狱里死了人。一名囚犯在牢房里用刀弄死了他的狱友。一名狱警跟我们讲了事情经过。凶手杜赞用枕头盖住同屋人的脸，并割断了他的喉咙，直到对方不再动弹，因失血过多死亡。待一切恢复平静后，杜赞敲响牢门向狱警示意。他没做任何反抗，束手就擒。他解释说那把刀是他将叉子的柄在地上磨了几天制成的。受害者名叫西尔韦斯特雷·奥雷勒。“我很喜欢他，真的，我很喜欢他，但我不得不对他下手。他是海地人，近来变化很大。夜里，他总是一边念叨，一边用伏都教的巫术威胁我。他说，神祇泽维奥索[1]会严惩盗贼和罪犯，闪电将很快把我击倒。我曾多次警告他：‘西尔韦斯特雷，你再这样我就杀了你。’但他不相信我说

[1] Xêvioso，伏都教中的天空之神、正义之神。他手持双斧，通过闪电显身。

的话。”

我讨厌这些事。它们让我不得不正视我们生活的这个地方，思考和我们一块用餐的人的本性，有时还会让人想起在院子里或其他公共区域某些同流合污的时刻。接下来的几天，当我在散步途中与狱友擦肩而过时，我总会一个劲儿地猜想他们脑袋里的真实想法，或者他们口袋里到底装着什么。

“我很了解杜赞。他不是坏人，大家都知道他是个疯子。当我负责发药时，我每晚都会给他一大把。大夫之所以睁一只眼闭一只眼，是因为他们知道杜赞不正常。但就像那些牙医一样，他们才不在乎呢，这些大夫什么也不会做。明天，他们不会向警察解释，也不会告诉警察杜赞真的不太对头，他们什么都不会说。至于杜赞，相信我，他们一定会起诉他。不管怎样，他所谓的西尔韦斯特雷向他施咒的说法也站不住脚。西尔韦斯特雷是监狱里最友善的人之一，他一点也不咄咄逼人，总是不停地道歉。当然，他是海地人，那又怎么样？也不是每个海地人都把时间花在往鸡屁股里吹气上。无论如何，我明天会跟监狱长说明杜赞的异常，说明他吞下的那些药。这不会改变什么，但我还是要把情况告诉监狱长。”

帕特里克·霍顿一边发表有关监狱精神病学的主张，一边翻阅一本破旧的色情杂志，这本杂志大概可以追溯到他的青少年时期。我不知道这种被监狱条例明令禁止的杂志是如何躲过牢房搜查的，除非仁慈的狱警对这份往昔遗物视而不见。犹豫片刻后，帕特里克全神贯注地盯着一位风姿绰约的美人，他和图片上的这位昔日美人一定有着某种不解之缘。他拉开拉链，即兴表演起“无裤日”，并用透出些许尴尬的杀手腔调问道：“你介意转过身去两分钟吗？我要打手枪了。”

拘禁拉长了白天，也延长了夜晚，让日子变得漫长，时间变得黏稠，令人隐隐感到恶心。每个人都有一种在泥沼里行走的感觉，每走一步都必须把泥足拔出来，每一步都要奋力挣扎，以免陷入自我厌恶的泥潭。监狱把我们都活埋了。短期徒刑还能让人对一些事情抱有希望。至于其他徒刑，那就意味着一只脚已踏进了坟墓。若侥幸获得缓刑，则可以暂时呼吸一会儿外头的空气，但还是会回到这里，回到这个恶人之家，这里，人们只叫他们的姓氏，把他们当农场牲口般对待。

我异常怀念从前的生活，想到晚上做梦都会咬牙切齿。我从前的生活啊，那时我还在管理精英公寓楼，薇诺娜打扮得像名空运先锋，将她的单引擎海狸水上飞机降落在劳伦琴湖上，而我的爱犬努克——它善于在池塘泅水、在草地奔跑——和我促膝长谈，尽管谈话内容只有它自个儿知道。这样的生活已不复存在，当监狱大门再次为我打开，我将会发现自己站在古因大道800号前的人行道上，我必须选择一个方向，并以另一种形式忍受我那无法缩减的刑期。那时，我甚至不会有帕特里克·霍顿前青春期的杂志和餐后排便来分散注意力。

周日，我去监狱牧师主持的弥撒转了一圈。在一间霓虹灯闪烁的房间里，弥漫着一股甲醛的味道，十几名囚犯坐在食堂餐椅上，一齐看向一个可怜的胖家伙，他身上的牧师法衣限制着他的一举一动，每个动作都给人一种要把衣服撑开的印象。在行圣祭礼仪的过程中，主祭本应将圣器高高举起，一边念诵祷词，一边保持高举姿势。但就我眼前的情况而言，这名胖牧师衣衫接袖处的缝线过于结实而导致他无法将杯子举过下巴。他的动作显然缺乏风度，好像一名顾客向酒保晃动空酒杯要求续杯一样。

在我看来，天主教的仪式似乎来自另一个时代、另一个世界，一个黑暗时代。主祭打扮得如同印加帝国的君主，口中嘟囔着死气沉沉的祷词，他一边将水和酒混合，一边祝福一块面包，并在所谓的"成圣体圣血"过程中假装将那片无酵面饼变成一只神圣的鸽子。虽然没有任何一只鸟儿飞离过这个房间，但所有参加活动的囚犯都会告诉你他们看见鸟儿飞走了。他们也不想讨论，不过是在适当的时候睁开眼睛罢了，何况他们也需要相信这个古老的故事，像他们的父母和他们父母的父母所坚信的那样，更为重要的是，他们所有的疑虑都可以装进这只为他们打造的名为信仰的方便实用的小盒子里。

信仰这件职业道具，一天，我父亲告诉我他失去它了，那是在我母亲忍受他在耳边的念叨多年之后。尽管，他曾说他情愿栖身其中，哪怕一小会儿，“在至善的信仰中得到安宁，哪怕只是几个小时”。

“你去那儿搞什么？你这家伙什么时候开始望弥撒了？别犯傻了，走吧，哥们儿，走吧。这地方脏兮兮的，一股尿臊味。如果是教堂，去一次，我不会说什么，看看表演和那些镀金装饰，到草坪上深呼吸，听听音乐，去一次，OK，为什么不呢？但在这里，和这群失败者一起，才不要呢！你看到那个本堂神父了吗？妈的，我感觉他不是好人，长了一张会干出给猫爪钉钉子这种事儿的脸。为什么会派他来我们这儿？想都不用想，一定是因为其他地方都不要他。别去了，信我没错，这类东西不适合我们，哥们儿。快告诉我，你的那位‘摩西’对你讲了什么？”

“摩西”转向少得可怜的听众，最后以一节诗篇作为弥撒的结尾。“于是，囚徒们在苦难中哀求耶和华，他从他们的祸患中拯救他们。他从黑暗中和死荫里领他们出来，折断他们的绑索。阿门。”[1]这不会让他承担过多的责任，至少他做的祷告简洁明了。这远比不上那些洋溢着慈爱光芒的布道，每一次聚会结束都让人感受到春天的萌动、自然的絮絮低语、风拂过草丛的沙沙声，还有栖息在矮枝上的乌鸫梳理羽毛时投入的样子。他布道的内容淹没在理性的旋涡中，就像《圣经》中所有的长篇大论一样，但他风格独特，那简约的北欧特色让人感受到周围的一切都是生命，每样事物都有自己的意义和代价，同时也让细心的人明白，我们都是这部宏大交响曲的一部分，在每一个清晨，在令人眼花缭乱的嘈杂声中，即兴演奏各自的生存之道。

我不常谈起我的母亲。也许是因为我一直不明白她为何早早结束了这阙生命之歌。在她的床头柜上，能看出她长期服药的历史，一首巧妙编排的分子大合唱，除了起到让心脏停止跳动的作用外，别无其他，她没有留下只言片语，不论是为她的瑞士伴侣、她的丹麦前夫，还是为她那在法国出生的儿子。1991 年 5 月 14 日，安娜自杀，享年六十一岁。

我想知道母亲是否病了，她是否悲伤，或是太孤独，她

[1] 参见《圣经·诗篇》第 107 篇。

和瑞士人的关系是否出了问题，她是否想念小影院，是否经常想起她父母的那辆雪铁龙 DS，她是否为我感到羞耻，她是否爱过我父亲，她是否经常背叛他，她在吞下所有药片后是否感到害怕或后悔，她是否记得我们公寓里吱吱作响的地板，在我小时候她是否经常会在晚上来亲吻我，她是否会紧紧抱住我让我安心，她是否知道我觉得她非常漂亮且比我父亲更聪明，以及我喜欢她放映的所有电影，她是否记得我们的丹麦之旅，她是否仍知道 Jeg elsker dig mon søn 这句话的含义，她是否还能把它译成“我爱你，我的儿子”，我们是否曾拥有几个共同点，她和我，那些将我们永远联系在一起的共同点，她是否知道 1968 年 5 月的我曾剪下并保存了一份大字报：“戈达尔，瑞士亲华派里最愚蠢的家伙。”

随着时间的推移，当我回顾这一切时，我开始觉得母亲可能会是一位出色的“父亲”。她会创造奇迹，让我们紧随其后，带我们登上她的小船飞驰而去，她喜欢惹是生非，能在陷阱中迂回前行，还能挺身而出应付各种麻烦。她与一次只能处理一件事情的父亲不同，我一直以为安娜长着两个脑袋。一个沉着冷静、深思熟虑，专注于分析、研究和概念；另一个则满负荷运转，不停处理各种数据，同时执行多项任务，马不停蹄地全速前进。与帕特里克·霍顿的母亲不同，我的母亲绝不会在我入狱前把《圣经》塞进我的包里。我倒觉得，她会在家门口对我说一些鼓励又尖刻的话，诸如："工作的人不工作时会感到无聊。不工作的人永远不会感到无聊。"

我父亲在塞特福德矿城的小教堂是一栋很简陋的建筑，典型的卫理公会教堂，挨着父亲的牧师住宅，1957 年根据建筑师路德维希·哈切克[1]的设计建造而成。准确地说，这座教堂包括一个中殿、一个矩形布道坛，唱诗班的位置突出，司祭席后部则较扁平，还有一个主教冠状的拱顶。说得更明白点儿，教堂穹顶上布满了一道道规则的拱梁，像船的一条条肋骨，会奇怪地令人想起一艘倾覆的船的内部。它拥有平和而明亮的彩绘玻璃、尖拱窗、铺着紫色地毯的中央过道、双排金色木制长椅、奶油色的墙壁、宛如大蜜罐的枝形吊灯，这座卫理公会教堂和我爸爸的形象重叠起来：热情、平静、温和而坚韧。它位于讲英语的米切尔区，但"用法语"布道对大家来说似乎不成问题。几个月后，约翰内斯就实现了这个小小的壮举：适应新社区并被它接纳。每周日，他满载启航；

[1] 路德维希·哈切克（Ludwig Hatschek）也是石棉纤维水泥板发明者的名字。这位奥地利实业家在 1900 年为自己的此项发明申请了专利，此后石棉合成制品在建筑领域获得广泛应用。

其他日子，他则在城里参加各种活动，有时一些活动会超出他的职责范围。简直可以说他就是一个在某个矿坑里土生土长的本地人。每个月，他还会额外增加一场弥撒，他称之为“矿工的庆祝活动”，同样被安排在周日。就像1940年代的社会主义现实主义影片中所展示的那样，穿着工作服、浑身沾满石棉的人从竖井中爬出来，他们登上小船，任由自己在牧师平和的话语中漂流，尽管牧师向他们许诺的只不过是一阵在地球表面的短暂喘息。

和他相处数月后，我清楚地意识到，牧师在这里找到了属于自己的位置。这里的人归根结底与半岛上的人并无太大不同，他们彼此充满友爱和善意。他的生活徐徐展开，一辆没有故事的1966年款的福特野马，远处的群山，距离住处一步之遥的深坑，他有的是时间写他的小故事，给他的小船做保养，庆祝该庆祝的事，也许偶尔还会在树荫掩映下想想附近的某个女子。

这便是约翰内斯·汉森牧师1977年初的生活。

而我在圣母街租下了一套公寓，并在一家小型综合性建筑公司找到了一份工作。短短数月，我便成了一个多面手，很快就学会了大部分建筑工种的相关技术。由于公司处理的项目种类繁多，这意味着我可以在前辈的指导下学习进步。

迪洛里耶公司就设在一辆福特伊科诺利皮卡里，驾驶员是一家之主皮埃尔·迪洛里耶，坐在他身边的是他的两个儿子扎克和约瑟夫，首席学徒乔·施密特和我这个见习学徒则与所有的设备和工具共享车后空间。

在下雪和霜冻前，天气好的日子里，我们全身心投入所有外部和主体工程中。等隆冬来临，我们回到室内避寒，铺设木地板，安装三合板、石膏板和壁炉台，对四处乱窜的管道进行检测与调整。我的手流着血，膝盖也肿胀着，背部一直酸痛，但我仍热爱这份工作。浴室一完工，我们就赶着给另一栋房子搭建木板车库，或者重做被松鼠破坏的电网。扎克和约瑟夫非常敬重他们的父亲，迪洛里耶老爹也从不会高声命令乔，口中总是吹着只有他自己才懂的旋律。而我一大早就会被告知该做什么，如何在不切断整区电力供应的情况下完成任务。我的疑惑不多，随着日子一天天地过去，我也逐渐开始胜任不同的工作。

我和塞特福德矿城的其他居民一样，在这座石棉裹身、毒粉满布、石棉沉滞症侵袭的城镇里平淡过活。大家出生、长大、学习、调情、做爱、结婚、投保、工作、离婚、社交、再次做爱、老去、咳嗽，然后在山岩和洞口、渣堆和矿坑中死去。

在适当的季节，牧师和我会前往孟弗雷马戈湖，该湖地处加拿大和美国的交界地带，通往北哈特利镇及效忠派[1]的巢穴。我们还经常在舍布鲁克停留，卫理公会教堂的风琴演奏家热拉尔·勒布隆就住在那里。每周日，他都会来塞特福德矿城，用音乐为弥散仪式增添一抹神圣色彩。他长着一副1940年代好莱坞迷人帅哥的模样，想必会让教区所有到了犯色戒年龄的女信徒想入非非。他是一位非凡的风琴演奏家，这位天才音乐家用他蜘蛛般的手指在哈蒙德B3风琴的双排键盘上编织出无尽的音符。这台乐器除键盘外，还配有木制踏板、音栓拉杆、音轮、91个小齿轮和莱斯利扬声器，是普罗柯哈伦乐队[2]、大门乐队[3]、动物乐队[4]、珀西·斯莱奇[5]和詹姆斯·布朗[6]的音乐作品里常见的乐器。而深具世俗魅力的它在

---

[1] 加拿大第一批讲英语的移民是成千上万的英王效忠者，这些人反对北美殖民地独立，反对脱离英国统治，在北美独立战争期间从美国逃到了加拿大。历史学家W.S.麦克纳特有言："因为他们的效忠，我们才得以成为加拿大人。"

[2] Procol Harum，英国前卫摇滚乐队，成立于1960年代晚期，是将古典音乐引入摇滚乐创作的先驱者。

[3] The Doors，美国摇滚乐队，成立于1965年，乐风融合了车库摇滚、蓝调和迷幻摇滚。

[4] The Animals，英国节奏蓝调乐队，成立于1960年代初期。

[5] Percy Sledge（1940—2015），美国节奏蓝调及灵魂乐歌手。

[6] James Brown（1933—2006），非洲裔美国歌手，有"灵魂乐教父"之称。

教堂所引起的神奇共振更让我父亲感叹不已。热拉尔·勒布隆早早赶在弥撒仪式开始前就于风琴前落座，他手下流淌出的优美音符可与吉米·史密斯[1]、罗达·斯科特[2]、埃罗尔·帕克[3]相媲美，甚至会令上帝——如果他真的存在的话——后悔没有让这件奇妙乐器的发明者劳伦斯·哈蒙德加入圣人行列。在这座空荡荡的教堂里，坐在工作台前的勒布隆用手指召唤出所有爵士乐、布鲁斯和摇摆乐的魔鬼，旧船突然升起，天空变得蔚蓝，幸福从教堂主门涌入中殿，耶稣回到他的坟墓，在至高之处荣耀归于唯一的主宰——来自舍布鲁克的音乐天才热拉尔。

在连复段与狂风骤雨般的乐章过后，一切又缓缓回到大地，复归其位。第一批卫理公会教徒在巴赫温和的前奏曲中神情自若地按时入场，仿佛巴赫本人也在每周日来到教堂，与信徒们一道聆听组曲。

我父亲深知这位音乐家的非凡才华对弥撒仪式人气的影响；以至于数年后，竟难以分辨人们前来参加弥散的目的，

---

[1] Jimmy Smith（1928—2005），美国爵士乐手，他的演奏将电风琴的听感特色发挥得淋漓尽致，使具有深厚蓝调与福音底蕴的电风琴声在彼时的爵士乐编制中蔚然成风。

[2] Rhoda Scott（1955— ），美国爵士电风琴演奏家、歌手。

[3] Errol Parker（1925—1998），阿尔及利亚裔爵士钢琴演奏家。

是为了聆听上帝的声音还是魔鬼的音符，抑或是为了来看这位音乐家，因为信徒们为了占据最佳位置到得越来越早，前排观众可以清楚看见艺术家流畅精准的弹奏手法和不可思议的芭蕾舞步般的踏板控制，他的双脚在两个八度的踏板上游走、跳跃，从一个音符跳到另一个音符。从身后看，他的步法如同一个迷路的人在奔跑，时而踟蹰不前，时而向右迈出一步，又退缩回来，再转向左边，往中心跳去，重复着漫无目的的游走，那看似率性的舞蹈却与一丝不苟的乐谱配合得严丝合缝。勒布隆那传奇般的手脚并用的精湛技艺为他赢得了“四只手的热拉尔”的称号。

热拉尔成为弥撒活动的亮点，我父亲为此很是自豪，他和这位迷人的合作伙伴也逐渐成了朋友。中午时分，现身教堂广场的热拉尔准能引起人们的围观，而约翰内斯则站在稍稍偏后的位置，与几个音乐门外汉握手，他们的音乐体验仅限于百货商店、等候室和电梯里播放的背景乐。

当我们聚在一起喝酒时，热拉尔每一次都忍不住向我们父子俩传授制造一台哈蒙德 B3 的秘密。“这玩意儿可真了不起。一台地狱机器。想象一下，91 个齿轮，每个齿轮都有自己独特的齿数。然后将它们放在一块磁铁的磁场中任其旋转。于是，安装在每块磁铁上的线圈成为由齿轮重新感应的可变磁场的传感器，齿轮本身由磁性材料制成。这就是劳伦斯·哈蒙德的秘密，齿轮、磁场和传感器之间的炼金术。多亏了机电一体化，你可以通过调节音栓拉杆来演奏帕特森、亨德尔、厄兰或巴赫的作品。劳伦斯真是个鬼才。他有一段青春岁月是在法国度过的，十五岁那年，他为雷诺汽车设计了一个自动变速箱系统。之后，他前往美国，于 1922 年发明了 3D 视觉系统，制造了些稀奇古怪的时钟，把钢琴买来拆着玩，又在他的会计师的帮助下——会计师也在教堂弹琴——利用几段金属丝、小齿轮、磁铁，再加上凭其想象连接的线圈，造出了一台电风琴。品牌就这样诞生了。他还于 1932 年制作了第一台复音合成器——诺瓦肖。这家伙真是不可思议。他发明了不少系统。继涉足音乐后，又申请了新型陀螺仪的专利，甚至在去世前为军队开发了一套新的导弹制导系统。”

麦克纳马拉[1]的炸弹的爆炸声与哈蒙德 B3 演奏布鲁克纳的《感恩赞》时发出的如笛子般悠扬的琴声之间有何关联？没有，除非这两首不和谐的对立乐曲同时在一个人的脑中奏响，宛如一颗失去意识的心恣意驰骋在无边无际的认知踏板上。

[1] Robert McNamara（1916—2009），曾任美国国防部部长（1961—1968），是古巴导弹危机、越南战争期间的重要决策者。

在这座不寻常的小城里，我的生活正在逐渐成形，无惊无险，平平淡淡。明媚的春日使塞特福德城中心充满活力，为漂亮的英式住宅平添了一丝魅力。除工作外，我也结识了不少同龄女性，还时常去湖上泛舟，甚至从雇主的儿子约瑟夫那里买下一辆1974年款的本田思域，重量不到600公斤，发动机竟然是逆时针运转，这是该品牌所有车型的共同特点。

每当一个大项目顺利完成，皮埃尔·迪洛里耶就会领我们一块去餐厅吃饭。冬天的菜肴常常是一张中式馅饼，一道由肉末、玉米粒和奶酪泥制成的干酪丝焗烤菜。夏天则是凉拌卷心菜、蜜汁鸡肉和薯条。迪洛里耶每次都会在聚餐时回顾一下做过的工程，侃侃天下大事，“扇”一两名政客“耳光”，承诺来年扩大规模并招聘更多人手，任凭他的儿子打趣那辆转卖给我的小本田：“车是不错，空间也大，前提是不要戴手表。”

年复一年，我注意到牧师的宗教热忱逐渐消退，他时常感到心力交瘁，记忆力也大不如前，难以胜任他的工作。但他仍循规蹈矩地生活，管理着牧师住宅和教会托付给他的那艘大船。热拉尔仍将每周日的表演视作一种责任，尽管这名杂耍艺人对牧师而言已变得无关紧要。他继续写布道文，也许比从前更用心，他继续讲述着有关人类、周遭世界和动物的源远流长的故事，还经常引用康拉德·劳伦兹[1]或莫里斯·梅特林克[2]关于《福音书》的见解，从一开始，从所有，从天地灵魂合一，从每个人难以抉择善恶以来，每一次，一切都被推倒重来。

当我父亲想要克服职务和生活现状带来的不适时，他会穿上进城的装束，前去参观位于圣母街34号的圣阿尔丰斯教堂，这座豪华教堂与邮局和汽车站仅两街之隔。他总选择在非高峰时段前往，双手交叉背在身后，迈着不紧不慢的步伐，就像在博物馆参观一样。这座建筑及其里面的一切都被列入了魁北克文化遗产名录，是该地区最富丽堂皇的建筑之一。这里当然不会存有任何石棉的痕迹，只有最优质的材料。点燃百余支蜡烛的枝形吊灯、回廊式祭坛、彩绘雕像、精致的木制品、石雕、寓教于乐的绘画和灯饰，无不反映出在这里供职的天主教神职人员享有的优渥条件，他们长期在当地人的身体和灵魂中占据至高无上的地位，尤其是对女性，她们中的很多人是十个孩子的母亲，无休止地供奉着贪得无

[1] Konrad Lorenz（1903—1989），奥地利动物行为学家，世界动物行为学研究的鼻祖。

[2] Maurice Maeterlinck（1862—1949），比利时剧作家、诗人、散文家，1911年获诺贝尔文学奖，著有《青鸟》《盲人》《玛莱娜公主》等。

厌、越来越挑剔的教会。人们所看到的一切，从地板到天花板，那叮当作响或闪闪发光的一切，都不是为颂扬上帝而建造的，而是为了见证神职人员的工作，见证罗马的统治、骄傲和权力。

不得不说，这是一件出色的作品。圆形拱顶，多个沉箱，三厅耳堂，到处都是石头和实木，粗如树干的长凳，做工统一，全部是巴洛克风格装饰。艺术气息无处不在，且形式多样，有绘画和刺绣织物，有镀瑞士金的祭坛，有刷成浅绿色的木镶板，散发出一股保养得当的味道。此外，还设有 8 间净化室、8 间赎罪室、8 间令人生畏的忏悔室，其规模和数量似乎在暗示撒旦每晚都会来城里用餐。最后，还有一架 1902 年装配的卡萨翁 150 型风琴，它配有 21 音位、27 音阶，踏板上还另设一组音栓，音管数量也绰绰有余。它被架设在最后一个楼座上，一根根铜管俯瞰底下的所有信徒。

这座仿大理石的世界令我的父亲浮想联翩，倾覆的小船、配以踏板的哈蒙德 B3、磁性铁音轮、热拉尔的双脚、松木长凳、光秃的墙壁、升起的詹姆斯 · 布朗和吉米 · 史密斯，所有该死的东西都开始摇晃不停，莱斯利扬声器让气氛愈加浓稠，连外头的香杉树也开始在风中摇曳它们的身躯。这如同音乐剧一般的场景让他重拾了几分信心，他想尝试去找回兔子、帽子和一点点魔法。他相信自己的命运和米切尔区的英国人之间有着莫大关联，于是他吹着口哨，回到牧师住宅，那里离罗马很远，远离浮华与喧嚣。

回来路上，他迈着朝圣者的步伐，想着那些建造得如同企业总部的银行家教堂，毫无节制，也肆无忌惮，玻璃橱柜里摆满了金饰与玻璃饰品，人们过去曾用它们交换印第安人的土地和记忆。

在漫长的 1 月里，寒冷从未放过我们。夜间气温再次下降，但牢房内的温度却保持在 15℃到 16℃之间。所有的河流都结上了冰，尼亚加拉大瀑布也被冻住了。帕特里克指着报纸上的几张照片给我看。“他们说这天气创下了纪录，从来没下过这么厚的雪。厚极了。看起来像巨型钟乳石。你听到了吗？我可没有说是石笋。有位老师曾教给我们一个分辨它俩的诀窍：钟乳石向下坠，而石笋则向上长。这很厉害，不是吗？从远处看，这幅照片让我想起了我家附近小公园里的喷泉，它只是更大一些。公园里有一座几乎全裸的女性雕像，她的肩上扛着一个花瓶，水就从那里流出来。当它结冰时，看起来就像尼亚加拉那玩意儿，只是小得多。当你看到那瀑布的规模和分量时，你肯定会想，那怎么可能。你说，当冰雪融化时，它是一整块往下掉，还是一小块一小块地往下掉？”

这就是帕特里克的脑回路，最终不可避免地会以一个尖锐的霍顿式问题结束，像结冰打滑一样令人困惑。能说什么呢？又该怎么回应？

昨天，我在接待室度过了一段愉快的时光。一次新的来访，也是基兰·里德的第八次来访。一年多以来，他是唯一关心我的人，也是唯一一个在我的案件中自始至终为我辩护的人，他坚决反对解雇我，面对我的雇主为我据理力争，包括后来在法庭上也是如此。但他的坚持无济于事，除了让他在公寓楼里到处树敌。

基兰·里德是精英公寓楼的 68 位业主之一，这座公寓楼位于蒙特利尔阿汉西克区，我在那里做了 26 年的物业主管、门卫、杂工、护士、听忏悔的神父、园丁、心理学家、电子技术员、水管工、电工、厨师、药剂师、机械师，总之，我是这座小殿堂的光荣守护者，拥有它几乎所有的钥匙，知晓其中所有的秘密。

605 号公寓属于里德先生。它位于六楼顶层，面朝游泳池和花园，傍晚时分，当光线变得柔和，从里德先生的公寓可以欣赏到一大片树冠茂密的枫树。基兰·里德是英国裔魁北克人，他大部分的职业生涯是在美国度过的，退休前，他一直从事着一件不寻常的工作：给死者估价。用他的母语来说，就是casualties adjuster[1]。里德基本上都是一个人工作，像一辆厄运出租车，招之即来，当悲剧发生时，保险公司急于维护自己的利益，同时又必须赔偿受害者家属，这时，伤亡理赔员便派上了用场，目的在于降低已故者的价值。

基兰·里德是最早搬进公寓楼的住户之一，他一直过着低调的生活，而这落在诽谤者的眼里，则成了见不得人的秘密生活。他没有和邻居交朋友的习惯，也很少在公共区域或游泳池旁和大家寒暄，不常参加业主大会，但一收到缴费通知便会立即支付。大楼的住户也都习惯了里德先生保持沉默且离群索居的生活，因此，他们对里德先生的做法——为精英公寓楼最卑微的仆人仗义执言——十分不解，事实上，他们几乎不了解他。

里德先生出差回家时通常是在深夜，他会按响我房间的门铃，只是为了聊一会儿，喝一杯。我知道他不想直接回到六楼，不想一个人拿着文件，那上面贴着一张无头人或惨遭货车碾压的孩子的照片。他会按响我家的门铃，坐在沙发里，

[1] 原文为英语，意为“伤亡理赔员”。

跟我聊他的旅行，登机时的混乱、飞行途中的颠簸、联合航空舒适度不佳的座位，在抱怨完变幻莫测的飞行时光后，这是我们聊天的必经阶段，他会开始向我讲述他的新任务及其中的悲惨故事，重新感受一遍悲伤、痛苦和麻木的入侵。每一次，在搜查死者的口袋和记忆时，他都不得不面对和消化那些匪夷所思的可怕故事。有时，死者会撒谎、欺骗、背叛和隐瞒。而里德的工作就是让死人说话。尽管干这行曾经很长时间连他自己都无法接受，基兰告诉我，一年年过去，他终于习惯了生活在这个世界，这里的真相往往介于生者和死者之间，在死亡核算的不确定性中。不管怎样，当理赔员旅行回来时，他到我家说的第一句话总是千篇一律："保罗，我知道今天我没能让任何人开心。"

和往常一样，他的来访总能让我受益匪浅，使我与外界和解。他的信任让我感到平静而安心。昨天我们聊起精英公寓楼，我们从前的公寓楼，最初的公寓楼，如今很少有人了解的公寓楼。那时，有低矮的树木、小小的花坛、处在生长初期的灌木丛，还有光秃秃总长不好的草坪，花园还只是个试验场，需要关注和照料，还有维持勃勃生机所必需的水。"保罗，多亏了你，这座花园在三十年里变得美丽繁盛，作为花园诞生的见证者，我简直不敢相信自己的眼睛。你父亲是一位牧师，不是吗？他把上帝的手指留给了你。但接替你的人对植物一窍不通。他光顾着修剪长得太高或突出的部分，对植物病害、植物对水的特殊需求以及需要包裹过冬的物种一无所知。他跟你很不一样，非常不一样。他没有品位，对事物漠不关心。只有当他去车库检查他的雪佛兰的润滑油液位时，他才似乎活过来，表现出某种形式的敏感。我不是在给你讲故事，保罗。那家伙痴迷于这一近乎神圣的时刻，就是当他从导管中取出量表以检查润滑油是否到位的时刻。有一天，我看着他在这么一番操作后，脸上露出心满意足的神情。我还注意到他另一个古怪之处，对汽车轮胎情有独钟。他在上面花费了无数的时间，不仅用刷子清洁它们，还给它们涂上一种抛光蜡，让轮胎看起来像穿着一套荒唐可笑的‘晚礼服’。那家伙真是喜欢他的轮胎，对此我确信无疑。你能想象我去按响他的门铃吗？就像我们过去那样聊天。我们大概会聊到固特异四季胎与凡士通最新的‘冬季限定款’之间的优劣比较吧。你知道的，我永远不会原谅把你赶走的业委会主席，更不用说让一个爱好润滑油及轮胎的怪物来取代你这事儿了。”

里德的声音再一次响起，他那典型的英国式嘲弄腔调，那些关于植物的赞美，还有与之形成鲜明对比的，对我的继任者的严词厉色，都对我大有裨益，以至于让我的监狱生活变得可以忍受，报纸上渲染的寒冷、霍顿用力拉屎的场面几乎也变得有趣了。就在刚刚，帕特里克在就位后努力了很长时间终于成功。他在整个过程中一直盯着我不放，露出一副既尴尬又复杂的表情，和狗排便后被人看到时的神情一模一样。

风琴停止了演奏

岁月流逝，忠于职守的牧师与他教区里的英国人仍旧保持着友好关系，尽管吸引他们来教堂的，是踏板上勒布隆扭动的踝关节。至于我，我在团队里升了一级，皮埃尔·迪洛里耶会把一些小项目交给我，还让我负责新学徒鲍勃·伍德沃德的简单培训，这家伙坚决不说英语以外的任何语言。整天把“操”和“妈的”挂在嘴边，这绝不是什么好兆头。不过，鲍比[1]——老板这么叫他——尽管缺点不少，且相当自以为是，但给人一种放浪不羁的感觉。

二十六岁那年，我不得不承认自己与塞特福德的女人没有缘分，于是，在天气允许的情况下，划独木舟成了我必不可少的消遣。我从早到晚都在梅戈格湖、马萨维比湖、艾尔

[1] Bobby，对鲍勃（Bob）的昵称。

默湖或圣弗朗索瓦湖幽暗的水面上划行。它们各有各的特点，独特的气味、风向和无形的水流脉络。这些水域也承载着生命，一种原始的幸福荡漾其中，让我产生一种不可抗拒的欲望，想要划向尽头，抵达另一端，不论尽头出什么代价，不论它在哪里。

当我划船时，当父亲布道时，当热拉尔踩踏板时，当石棉开裂时，一场动摇联邦国家、震惊英国王室的土地运动正在这片大地上徐徐展开。魁北克为争取独立而启动了全民公投，它要向渥太华告辞，要与伦敦诀别，要和自己的人民安度余生。经过政治家勒内·勒维克[1]和魁北克人党的精心包装，有关该省独立问题的公投于1979年12月20日被放在联邦政府的圣诞树下，同时也被提呈给皮埃尔·埃利奥特·特鲁多[2]领导的政府，尽管特鲁多本人是魁北克人，但他坚决反对这种伪装成“主权联合”的分裂主张。不论如何，魁北克人党提供的文本让大家对未来可能的面貌有了大致的印象，该文本的撰写者是些唯恐天下不乱的耶稣会成员，其中一人后来被怀疑是联邦政府的间谍。“魁北克政府已宣布其与加拿大

---

[1] René Lévesque（1922—1987），加拿大政治人物、记者，1968年创建魁北克人党，支持魁北克独立和社会民主主义。

[2] Pierre Elliott Trudeau（1919—2000），1968—1984年间任加拿大总理。

其他地区基于人民平等原则达成的新协议；该协议将赋予魁北克政府制定法律、征税及建立外交关系的专属权力，也就是独立主权，同时，仍使用原有货币以保持与加拿大的经济联系；通过谈判确定的这些政治地位的变化，需经全民公决同意后才能生效；因此，您是否授权魁北克政府就魁北克与加拿大之间草拟的协定进行谈判？”

就算是迪洛里耶一家也会拒绝按照如此笨拙的计划施工建造任何东西，而且，搭建这堆文字的“建筑师”竟然在同一段话里使用3次分号，简直太无能了，分号意味着窘迫与怀疑，暴露了一种畏首畏尾的心态，犹豫是要一锤定音，还是继续遣词造句看它会把我们带向何方。

1980年5月20日星期二，魁北克人民经历了一场艰难的战斗，它甚至引发了家庭内部的分裂，他们将2 187 991张“不，谢谢！”表决票投进票箱。在民意调查中，59.56%的人拒绝将自己的未来托付给3个分号。

我和父亲均享有永久居留权，但我们并未参与投票。相反，冀望独立的迪洛里耶一家则备受打击，他们坐在电视机前，除了伍德沃德，他正忙着和几名王室走卒一同庆祝联邦党人的胜利。晚间，勒内·勒维克现身屏幕。他是否事先打了腹稿？还是因支持者们的骄傲、悲伤和愤怒而即兴演说？

当晚，坐在电视机前的人们对此并未产生疑问。勒维克的声音传了过来：“如果我没有会错意的话，你们正在对我们说，下次继续努力！”人们彼此对视，眼泪在眼眶里打转。

我父亲利用与下一次布道间隔的五天时间写了一篇没有分号的文章，其灵感主要来自勒维克的希望之言。这篇长演讲赞扬了信仰在一个人投身一生的战斗时发挥的关键作用，获得恩典意味着踏上一条永久而艰难的道路，言下之意就是独立。

父亲和信仰。自从失去它后，他从未像这样谈起过它。“即使你发现自己倒在地上，你认为一切都结束了，你产生怀疑，请你重新站起来，去相信，相信一切，相信可以排除万难，因为主与你同在，他的声音在你耳边响起，还有下一次，甚至下下次，然后，在尽头的尽头，在路的尽头，你将走进上帝的家。”没有什么特别的新意，只是一些老生常谈，但在勒维克简短发言的五天后，这首饱含父亲的希望的颂歌让英国人听得起鸡皮疙瘩，那个周日，他们没有在教堂广场逗留太久。

1980 年，矿井仍在开采，人们在更新世地层从容抽水。为了挖得更深，挖出更多的矿井，发现新的矿脉，公司开始借助炸药的威力。巨大的爆炸声时不时震撼着大地和建立在大地之上的城市。随着时间的推移和蚕食，张大的裂口越来越靠近房屋和居住区。在露天轰炸的作用下，土块、岩石和鹅卵石的碎片雨点般落在邻近的房屋上、住在那里的人身上和停在那里的汽车上，这些情况并不少见。

1960年代末，一起暴力事件的发生预示着未来世界将采取的新方法和它所看重的利益是什么。矿业公司在圣莫里斯的住宅区发现了新矿脉，于是借口保护居民，使他们免受落下物的影响，开始扫除所有的障碍。一户户地搬家，车库、管道、街道、人、家具、财产、记忆，社区的所有物件以成套或散装的形式堆放在一块荒地上，只给拆迁队留下一座复杂得无法拆卸的教堂的残骸，以及一排只剩断壁残垣的旧行政大楼。为实施爆破已经把地方全腾出来了。但这还没完，由于一拖再拖，几经研究，这个地方的爆破从未实施。

位于金氏井、贝尔井、比弗井和约翰逊井的火力交汇处的米切尔区仍然留在原地，这里的人们不得不对灰尘和轰炸习以为常。要不是半边屋顶在一颗来自地球中心的纤维陨石的撞击下坍塌了，该区域周边天天炸来炸去的“邻居”永远也不会停火。大家这才意识到，生活在配备大口径武器的盲目狙击手的火力范围内是多么危险。

他们匆忙召开会议，并承诺采矿点与土地的爆破点会尽可能远离住宅。他们还实施了一项象征性的安全措施，即在爆炸前的一刻钟拉响强力警报。尽管该程序很快被省略，但我仍有幸目睹死亡号角吹响时所引起的恐慌。

住在这附近的人们原本一直对风险问题漠不关心，但在安装并触发警报时，却莫名其妙地出现了集体恐慌。每当警报响起，人们匆忙回家，关紧门窗，保护一切可以保护的东西，似乎今天预先发出的野兽嚎叫远比昔日真正的爆炸更令人恐惧。当世界末日的先锋号响起时，我父亲便是那些迅速把自己的物品归置好的居民之一。

有时，由于气象原因或操作方便，矿井会选择在周日早上进行爆破。我父亲曾屡次向公司投诉，周日爆破会妨碍弥撒仪式的正常举行。他们承诺会讨论该问题。但之后的周末，爆破声变本加厉，随之而来的还有恐怖的警报呻吟。某个周日，我去教堂看望他，我在布道中途抵达“船下”，当时热拉尔·勒布隆正操纵音栓拉杆以达到全奏[1]效果。怀疑和信仰是牧师布道的两个常见主题。当时，他沉浸于布道，正进行到论证的核心部分，他鼓励他的听众们，而后又劝诱他们，接着改变语调，或喃喃赞美，或诋毁过失，他的话语如行云流

[1] “全奏”（full organ）意味着推动所有或大部分的音栓，从而激发乐器的全部力量。

水，自然而顺畅。他讲起一个有关宽恕精神和接纳他人的故事，为调整演说效果，他停顿了片刻，沉默地打量每一位信徒。在图卢兹的时候，他也曾使用该技巧吸引听众注意。当他认为时机成熟，便会脱口而出一句箴言，这通常会取得出乎意料的反响："正是在石头和森林的寂静中，众神的低语才能传到我们耳中。"话音刚落，警报器就开始发出亵渎神明般的咆哮。他适时停止，没有人知道诸神——很多人会因其复数形式而感到诧异——真正传达的语义。他迅速折好笔记，请大家起身安静离去，但要尽快，以免被世界的碎片砸中脑袋。风琴大师也不乏恰到好处的幽默感，用音乐衬托逃亡者的恐慌，他的"四只手"演奏着《更近我主》的旋律，这是由诗人莎拉·亚当斯[1]谱写的赞美诗，也曾在皇家邮轮泰坦尼克号沉船前被完整演绎，这段逸事令其声名远播。那个周日，爆炸声在警报发出的十五分钟后准时响起，除了些影响甚微的碎石和沙砾外，一场纤细的石棉雪花缓缓落在我们所有人的身上。

在监狱里，观看冰球比赛可以被看作一项运动，要是与

[1] Sarah Flower Adams（1805—1848），英国女诗人，她依据《圣经·创世记》28:11 至 28:19 讲述的雅各的梦谱写了赞美诗《更近我主》。

帕特里克·霍顿组队的话，更需做好充分的准备。当蒙特利尔加拿大人队[1]得分时，他会扑向身边的人，两只手使劲摇晃对方。而当加拿大人队被夹攻时，他会对邻座又捶又打，仿佛对方是不倒翁。今晚，我们观看了加拿大人队对阵多伦多枫叶队的比赛，这两支敌对球队的交锋常常伴随出其不意的球杆击打声和身体撞击声。今晚，尽管法纳夫和阿姆斯特朗这两名枫叶队球员为球队的胜利做出了贡献，但我仍认为他们的表现充满恶意。“恶意？恶意吗？噢不，我一定是在做梦。我不知道为什么要和你谈论冰球，你简直一无所知。你最好别惹火我。法纳夫是冰场上最牛的王八蛋。法纳夫在场上横冲直撞、乱切乱砍，和他对阵，可不是打冰球啊，而是真刀实枪地干。他今晚可真是把场子给炸了。阿姆斯特朗也是。他呢，是第二把刀。如果你躲过了法纳夫，阿姆斯特朗接着就会把你刺穿。必须把这些家伙送到浮冰上，让他们去和熊搏斗，而不是把他们放在冰场上，或国家冰球联盟里。”

赛后，为了放松心情，我们还看了一部关于凯尔特人的体育运动和投掷松木柱的纪录片。那些家伙比赛看谁能把重

---

[1] Canadiens de Montréal，成立于 1909 年，加拿大国家冰球联盟的创始五队之一。

达 100 到 110 公斤、5 到 7 米长的树干扔得更远。“与其和木头玩，不如让他们去摆平法纳夫和阿姆斯特朗。”

我记得 1969 年瑞典世界杯期间，我和父亲在电视上看了不少冰球比赛转播。的确，这项运动在图卢兹的受欢迎程度不高，但斯堪的纳维亚半岛出身的约翰内斯从不会错过任何一场比赛，我也因此熟悉了冰球比赛的相关规则。苏联和捷克斯洛伐克之间有过一场精彩的对抗，发生在苏军坦克入侵布拉格后不到一年。一场真正的冰上大战拉开了帷幕，一场振奋人心的比赛，捷克队以 4∶3 获胜，但由于苏联队平均总进球数更多，后者拿下了世界冠军。比赛结束时，球员们拒绝握手，尽管这不符合赛制规则。在颁奖仪式上，当国际歌奏响时，捷克电视台切断了声音。当苏联队员登上领奖台时，连图像也没有了。

刚才，我试图把这段不寻常的历史讲给我的室友听。“你为什么和我说这个？我他妈才不管什么 1969 年的苏联佬呢。我都知道。但这跟法纳夫和阿姆斯特朗有什么关系？你爸是哪里人？丹麦人？妈的，这也太巧了。你知道丹麦队 1949 年第一场正式比赛的对手是谁吗？是加拿大队，伙计。你知道比分吗？ 49∶0。所以，别拿你的苏军坦克什么的来炫耀了。在历史和政治领域，好吧，我知道，我是个白痴。但在冰球方面，我知道加拿大的所有成绩、所有纪录、所有球员。来吧，来吧，问我一个问题。得了多少次世界冠军？迄今为止，24次。奥运会冠军？7次。最大的胜利？我已经告诉过你了，就是对阵你爸老家那群孬种那次。最大的失败？1977年，11∶1对阵该死的苏联队。历史最佳射手？是韦恩·格雷茨基。就这些吗？够了吗？知道了吧？现在去收拾房间。”然后，他做了一个体育圈的流行手势，一个略显滑稽的动作，他的右手仿佛在拉响一个无形的警报器，他甚至还咬住下唇，做了个鬼脸。“要想真正了解冰球，就必须生来与之为伴，五岁时，你的脚就要被冻在本地的溜冰场上，直到脚趾失去知觉才能回家；结果到家等着你的是一个耳光，因为你把球杆落在了车库门口的小道上，不丢才奇了怪了；在你比赛时，要知道取舍，最重要的，是每次踩下冰鞋时都要想着踏破坚冰。你穿过冰鞋吗？”我没敢告诉他实情，便遵照他的吩咐继续收拾房间。

谁能想到事情会演变成这个样子？塞特福德矿城的汉森牧师遭遇了一次不可预测的残酷危机，以至于1982年1月被他的雇主魁北克和蒙特利尔舍布鲁克长老会及加拿大联合教会渥太华分会紧急召见。我为了支持他撑过即将来临的磨难，同时我也认为自己对此负有部分责任，便决定开车送父亲前往面谈。我把车停在大楼不远处，里面一个类似教会法庭的机构将审理他的案件并决定他的命运。听证会持续了一个小时，我坐在驾驶室里收听广播，想知道这一切是如何发生的，约翰内斯是如何在短短一年间就债台高筑，让他的职业生涯毁于一旦。

当父亲朝汽车走来时，他沿着人行道并尽可能挨着建筑物走，似乎想躲避什么。车门砰的一声关上了，他用手捂住脸，抹了抹眼睛。“我很高兴你能陪我来。”他像布道时一样陷入长久的沉默，但这次不是布道台上的演说技巧，而是由于他的肺部缺乏空气，心脏失去力量，思维也没了连续性。他转向我。“我有六个月的时间偿还债务，整理教堂账目，并归还钥匙。如果超出期限，他们就会起诉我。”他双手举向天空，“他们也别无他法。”

一切要从一年前说起，我想是在1981年初冬。第一场雪过后天寒地冻，道路都裂开了，白昼渐短，似乎急于结束一切。季节的变化同样也影响着我们，使我们被一种疲倦感包围，随之而来的，还有淡淡的忧郁。我的情绪变得非常敏感。为打破这令人沮丧的节奏，我向父亲提议去魁北克的中央宫过一晚，那里的赛马场组织了一系列轻驾马车赛。从外形看，那是一个有两座尖塔和中央拱廊的对称建筑，宽阔的主看台让我突兀地想起西班牙北部斗牛场。内部设施则平常得多，一座 70 英尺[1]宽的环形马场，建在铺设了黏土和煤渣的沙基上，中央宫在看台上加装了暖气，以便为几乎全年开放的赛道留住它的投注者。当晚，共有七场赛马。

我没费多大劲就说服父亲和我一起赌马。不久前，他还严禁自己一仆二主，现在却向一位主人悄悄地请了假，为了跟另一位主人鬼混片刻。每一场比赛，他都会根据骑师帽子或上衣的颜色、鞍马的优雅程度、动物的毛色来判断，尽管他对此一窍不通，他会选择一辆马车，去投注站，掏出他的钱，仿佛押上性命一般，押注在马鬃的未知性和步伐的随机性上，他所展现的魄力和信念让人丝毫看不出他正经历有关自我与救世主的信任危机。然后，他飞快地大踏步返回看台。我相信，当晚上天对他的不忠行为视而不见，因为我父亲在所有场次的押注中取得了令人叹为观止的成绩。四匹赛马获胜，两匹获得名次，还有一匹马因步伐不稳而被取消资格。

---

[1] 1 英尺相当于 0.305 米。

他赢了钱，乐得眉开眼笑，幸运之神也跟着一块儿微笑，我开着小本田把他带回塞特福德矿城。赢了四百或五百元，比赛的刺激，啤酒和雪茄的味道，看台上的叫喊声，室外的寒冷，室内的火热，直到最后一刻的不确定性，机会的不平衡，都足以让牧师认识到中央宫的赛马场打开了一个《圣经》中未曾暗示过的可能的领域。

接下来的那周，同一天，同一时间，同一地点，同样的比赛。这一次，约翰内斯坚持要去。旅途中，他告诉我他非常享受第一次的经历，觉得非常“刺激”。对我父亲来说，这是个非比寻常的词。我还注意到他脖子上挂着一个皮套子。“里面是望远镜。为了更好地追踪比赛。我看到观众席上几乎每人一副。”最后让我惊讶的是，在赛马场的前院，父亲从口袋里掏出一顶格子帽，小心翼翼地戴在了头上，仿佛在为新生活加冕。

约翰内斯穿着不算太糟糕的新制服，与赛马诸神续签了契约，它们再次超出了他的预期。自上一场比赛起，他的眼睛一直盯着望远镜，当他的最爱接近领先时，他开始提高嗓门。当它终于领先时，牧师第一次犯了罪：“快跑，妈的，快跑。”在回程的车上，他向我坦白道，仔细想想，赌博可是个很棒的职业啊。坐下、下注、赢钱、返回。他似乎没有想到这项活动可能会带来风险——比如输钱。他甚至没有想过被自己的“魔力”背叛的可能性。那天晚上，我意识到魔鬼已经悄悄地把一只脚伸进了门缝。但我没想到约翰内斯自己会为它大开方便之门。

我父亲在中央宫度过了一整个冬季，那是魁北克省唯一能够在极寒天气下运营的赛马场。据我所知，他没有错过任何一次赛马，并整体保持盈余，其间，几次明显的挫折也减弱了他对账簿的狂热。这个说法并不准确，因为我知道父亲在那段时间里从来没有记过账。他属于那一类只记得赢了多少钱的可怕赌徒，输钱对他而言只是过眼云烟。只要口袋里还有钱，系统就还能运转。

春天，我父亲离开魁北克，前往三河赛马场，那是一家建于 1830 年的大型专业赛马场，最早进行的是人与马之间的赛跑。之后，这里开始组织速步赛马、轻驾赛马、速度赛马，集合了来自加拿大和美国最优秀的纯种马。为讨好英国人，团队自称是“三河赛马公会”，而为了安慰法国人，则自称为“圣莫里斯赛马公会”。自创建至今，这家赛马场经历过好几次灾难，尤其是三场大火，不仅摧毁了马厩，最后两场大火还导致 174 匹被圈在马厩里的赛马死亡。我父亲曾认真研究过这块属于他的毁灭之地，他甚至为英王威廉四世 1836

年向赛马获胜者颁发五十几尼奖金的事件而倍感自豪。牧师继续沉浸在对美好前景的幻想中，对服用大量曲马多、可待因、酮洛芬、克伦特罗和司坦唑醇的赛马信心十足。[1]约翰内斯完全不以为意，认定这种事情在如今不可能发生，因为药检和分析非常严格。数月后，父亲俨然一副赛马爱好者讽刺肖像里的模样，脖子上挂着双筒望远镜，头上戴着一顶六角帽，他的第一手资料无疑是在牧师住区收集的，他还对一家有问题的赛马会盲目信任，尽管地球上任何一家牧师联合会都把它列入了黑名单。

与在魁北克一样，约翰内斯·汉森在整个早春时节都是赢家，再不济也获得了名次，白花花的钱流进了他的口袋。在最短的时间里，他就对所有骑师的姓、马主的声望、马匹及柜台女孩的名字了然于心。当他往返于围场、颁奖台和赔率板之间时，有人甚至一边尊称他“约翰内斯先生”，一边恭敬地把马券递给他。但到了夏初，约翰内斯先生的幸运星经历了一段漫长的黯淡期。速步马、速度马或轻驾马车都站到了一个新人那边，一个对此一无所知的普通人，他还没有购买帽子和望远镜，和他小儿子一起坐在看台的某处，不过是

[1] 曲马多（Tramadon）、可待因（Codeïne）、酮洛芬（Ketoprofène）、克伦特罗（Clenbutérol）、司坦唑醇（Stanozolol）均可作为兴奋剂使用。

儿子邀请他出门享受好天气，在赛马场度过一个下午。

牧师的口袋开始变得空空如也。他的损失如同机械水泵，一旦开动就越来越快。几场胜利，某个名次，某次三连胜，均无法止损。

教堂里的牧师来到了最后的冲刺阶段，他对文本应付了事，敷衍弥撒仪式，迟到，失约，对热拉尔的音乐也更加不以为意，连热拉尔也意识到不对劲。面对他的真诚发问，我不得不坦白真相。我父亲转眼就变成了马痴，一个嗜赌如命的人，甚至金钱对他来讲都不具备任何价值了，不过是在“最后冲刺阶段那完美的几秒钟里”刺激肾上腺素的工具罢了。

原本的信仰消失得无影无踪。取而代之的是另一种信仰。我父亲需要信仰。

我向热拉尔解释完一切，他看着我说出了一句怪话：“还好，我还担心和女人有关呢。”

尽管在故事的现阶段，女人还未现身，但她已行走在命运的轨道上了。

我父亲深受教区居民的爱戴。他富有同理心，且非常尊重他们，还鼓励他们努力发挥才能或学习，从不强迫他们穿上任何形式的道德紧身衣。事实上，他与当地天主教神职人员截然相反。直到1950年代初，后者的信条都很简单：想尽一切办法壮大和发展，以阻挡并遏制英国人，增强罗马军团的力量，削弱反教皇的新教魔鬼军团。神父们就像旅行推销员一样，不停探访当地家庭，尤其为家中的母亲送上祝福，鼓励她们转动生命之轮，忘记身体的疲惫，怀着神圣的使命繁衍后代，不喘息，不休息，必要时夜以继日，只求最后有所收获。一家有12个孩子的情况在当时很常见。女人们会因在13年的婚姻中只生养了7个孩子而被责骂，并被认为是坏基督徒，她们从忏悔室出来时泪流满面。回家后，为了赎罪，她们强迫丈夫尽快开始工作。因为主在等待，而教会的耐心也所剩无几。按照传统，她们还必须留一个男孩献身教会，确保宗教的传承，礼奉上帝。

所有女性对这些身心折磨仍记忆犹新，所有在十字架的重压下怀上的孩子，所有未老先衰的身体，对这些妇女和孩子而言，约翰内斯·汉森这样一位仁慈、宽容的牧师显然不能不让人喜爱，更何况有段时间他脑子里还有一队小马在打转。

夏末，是令人心惊肉跳的惨状，三河的损失每周都在急剧增长。牧师陷入了失败者的旋涡，这个黑洞无情地吞噬着那些失去太多而无法放弃的人，尤其是在他内心深处，他坚信运气和马匹最终会再次逆转。一杯无望的苦酒。

9月初，父亲向我诉说了他的困难，并解释说他准备向加鼎银行申请贷款，以偿还他从教堂和长老会的运营预算中预支的款项。他没有告诉我的是，银行发放的贷款比他的债务数额要大得多。而这笔巨大的差额，他打算用来偿还教会和银行的债务，洗脱自己的罪过，并重振丹麦牧师的职业生涯，未来将没有双筒望远镜、帽子、赔率和曲马多。

从某种程度上来说，我父亲兑现了一半的承诺。从收到支票的那一刻起，他就再也没有踏足过赛马场，并将他挪用的钱一分不少地都归还给了教堂。约翰内斯·汉森在一天之内就还清了他的债务，弥补了他的过错，同时也成为一家实力雄厚的银行机构422个分支机构中的众多债务人之一。该银行由阿尔方斯·加鼎于1900年创立，年均利润超过10亿美元。

也许是这些数字让约翰内斯兴奋不已，让他觉得是时候回到赢家的世界了，尽快偿还债务，支付利息。他所要做的，就是将手插进装满贷款余额的口袋。

一天晚上，他穿上灰色西装，关上身后牧师住宅的门，钻进他的野马汽车，秋叶纷纷如雨下，他开了很久，直到看到蒙特利尔的建筑在夜色中闪闪发光，冒出白烟，就像隆冬时节一样。不，约翰内斯·汉森，正如他向造物主所发誓的那样，没有去赛马场，而是穿过尚普兰大桥，上了博纳旺蒂尔高速公路，向右转向圣母岛，那里有一座简陋的工业建筑，倒影在河面上映出点点灯光。它似乎在等待他，来自塞特福德矿城石棉教堂的小牧师。这座由旧仓库改建而成的赌博场所距离十几年后的蒙特利尔大赌场仅数百米之遥，后者坐落在前身为1967年世界博览会魁北克馆和法国馆的空壳中。

圈里人都知道，想靠摇钱树赌博俱乐部发大财是不切实际的。但就是三河的一名赌徒向我父亲推荐了这个窝点。他说他一晚上掷骰子赢下的钱足够买一辆水星侯爵豪华轿车。

在约15张赌桌上，交替进行着轮盘、21点和掷骰子，一条走廊里摆着老虎机，还有一个为扑克玩家提供的专门房间。总共150到200，东拼西凑的家具，二手的赌桌和设备，灯光刺眼，烟雾刺鼻。一切就绪，装修布置恰到好处，配角龙套也都各就各位，就差这位来自塞特福德矿城的牧师了，这名信仰受挫的丹麦人为此特意穿上了他那套深色西装，那通常是他参加葬礼时才穿的西装。

十字架苦路分为两个阶段，在每本求生手册中都会介绍的两个可预测的必经步骤。首先，一切始于一个好运、一次商业吹捧、三倍赢下一场轮盘赌、一次简单握手换来的一丁点儿信心。然后是第二场始料不及的小小胜利，这让穿着葬礼服的他感觉越来越好。在这个救赎之夜，我父亲异常自信，他带去了贷款的所有余钱。那是一大笔钱。在不到两个小时的骇人时间内，精密的失败机制一丝不苟地运行，直到蚕食尽这笔虚妄储蓄的每一分钱。骰子屠杀了我的父亲。一次次地掷骰子，方块总是停在错误的一面，欢乐变成了一场屠杀游戏，他的钱消失在一个贪得无厌的泄洪口里。最终，他没能开着水星侯爵离开，他的那辆老式野马载着思绪如麻的他开始了返程之路，他一脸迷茫，整个人仿佛被剥了皮一般，脱了相，目光迷离，只能勉强上路。

从逻辑上讲，理性会希望这次旅行没有后续，我父亲会留在教堂脚下的家里，去反思他的工作失误，未来再努力把教区里的英国人哄得团团转，把他的 B3 擦得锃亮，掸去面上的石棉，偿还加鼎的贷款，最重要的是，再也不频繁出入赌场或赛马场。

在他破产的第二天，经过漫长的、思绪万千的夜行，他把他的福特车停在蓝色的、极具欺骗性的“摇钱树”的招牌下。在他放弃睡眠且褪黑激素分泌不足的夜晚，他把一切甚至一切的反面都已经想过了。清晨让他想起最后一个解决方案，这无疑有风险，但他声称已对所有可能性进行了分析，而该解决方案将为他提供最佳的资本风险比。当然，这一切毫无根据，仅仅是基于一种长期的自我说服训练，不然，他早就不再去赌场了。和所有赌徒一样迷信的他把丧服留在了牧师住宅，换上了一套不那么古板的衣服，他时常在赛马场穿的那套，那时的他乐不思蜀。

为助长今晚的“火势”，他砍走了教堂里所有的“树木”。我的意思是，他再次挪用了教区的全部运营预算，把所有能偷的都偷走了。

我父亲沉浸在他的战略幻想中，他遵循的法则会把任何一个哪怕残存一丝理智的玩家吓跑：把所有钱分成四等份，在四种不同的游戏里下注，每次只选红色或者黑色，不考虑任何其他组合。

约翰内斯要么翻倍地赢，要么输光一切。他选择将自己的未来托付给翻倍或一无所有，即使就他当时的情况而言，任何翻倍的希望都无疑是痴人说梦。

晚上23点10分，他把第一等份押给红色，随后又立即被黑色阻扰。他在房间里走了一会儿。十分钟后，他认定了自己第一次选择的颜色。小球滚了一圈，像一只猛禽向29号俯冲而来，29号可能是所有黑色中最黑的那一个。“奇怪的是，我并不感到害怕，也不再疑虑。我深信一切都会结束，不可能有其他结局，所有厄运终会夺走别人的生命，但它们会放过我，最后一刻，我会没事，就像我在三河的最后一场赛马中所经历的最后冲刺时刻一样。”

发牌员也面露惊讶，他似乎对赌注之大、对拒绝将赌注分散到多种组合的执念感到诧异，毕竟这会把风险集中在一个非此即彼的二元选择上。

晚上 23 点 30 分，红色被选中，而出现的是黑色。

现在，我父亲走向了他最后的冲刺时刻。他深信自己有足够的财力迎头赶上，并击败所有人赢得比赛，就像夏季最后一场比赛中的沃尔特·塞森一样。这匹被喂了一大堆各种合法、非法药物的马，落后了一个马身又一个马身，它拼尽力气，嘴里喷出一撮撮白色口沫。它像往常一样拉着车架，对身后那个穿着圆点绸上衣的家伙不屑一顾，骑手几乎要被这辆飞驰的马车颠出去了，他大喊大叫，一直鞭打马匹，殊不知他的努力起不到任何效果，因为马儿清楚地知道它该做什么：超过所有的马，一匹接着一匹，然后昂首挺胸，以胜利者的姿态接受终点处的摄影判定。

我父亲从沃尔特·塞森那儿学到的一切都无法让当晚的局势起死回生。晚上 23 点 45 分左右，结局已定。他所坚信的一切都没有发生。没有时来运转，也没有奇迹般的卷土重来。在终点处的判定影像中，我们看到牧师胆怯地选择了红色，而上帝之手则明白无误地让小球滚向了黑色。

转轴一停止转动，我父亲即刻变身为一个丹麦小偷、一个麻烦的永久居民，很快就会被教区传唤并除名，他也很快会被银行起诉，法律诉讼不可避免。

“我记得一件怪事。当我离开赌桌时，一位非常漂亮的女士过来挽住了我的手臂。我们在房间里走了几步。我当时被一连串的打击弄蒙了，感觉自己飘浮在一个陌生的世界里。她跟我交谈，问起我的姓名和我从事的职业。我说我叫约翰内斯·汉森，是塞特福德矿城的一名牧师。然后她用手捧起我的脸，像在注视一名孤儿，又吻了我的唇许久。我一动不动，两条胳膊耷拉着，两眼圆睁，直到她后退了几步，对我说：‘愿上帝看到你，保佑你。’然后，我向你保证，我的脑袋空空如也，我不记得自己是怎么走出‘摇钱树’的，也不记得是如何开车回家的。”

在接下来的日子里，除了圣母岛上的挫折将引起的一系列悲剧外，我父亲似乎只记得那天晚上出现的神秘女子，而她将一直萦绕在他未来的漫漫长夜里。

教会给他六个月的时间还清债务，但这个缓刑期对他而言实在太短暂，而加鼎银行也不会再借给他哪怕一块钱。我父亲坚决拒绝向斯卡恩的汉森家族求助，他认为自己要做的，便是坐在船下，等待洪水将自己淹没。

几周来，我上天入地使出浑身解数以寻求脱困之法。我盘点了自己的积蓄，考虑通过贷款让约翰内斯重新浮出水面。但缺口太大了，我那一点点钱根本就堵不上。

我答应过父亲，永远不会透露他损失的程度和数额。我只能说，它远远超出了一位牧师的生活水平。

在破产两个月后，我父亲又去过两三次“摇钱树”，他没有任何下注的想法，只是希望找到那个把他交到上帝手中而后消失的女人。但他在仓库里看到的都是像他一样的人，寻找着他们永远也得不到的东西。

每周日，约翰内斯都会若无其事地继续做弥撒，热拉尔仍负责哈蒙德风琴的演奏，英国人则坐在金色的木制座椅上。自从知道自己被定罪以来，我父亲就一直在写别人闻所未闻的布道文，一些甚至超越了教会规定的文字，他说要拥抱变幻莫测的命运，让我们在熙熙攘攘的混乱生活中确认自己的所在，如同落叶松或貘一般，我们都是同一个牢房里的住客，对未来忧心忡忡，每个人都努力相信神的仁慈，即使本能低声告诉我们事实并非如此。

我从小到大第一次定期回到教堂聆听他的布道，但我必须承认，我的动机还包括观察那些保守的英国殖民者，观察他们在聆听牧师的自由言论时与日俱增的怀疑态度。

自从在蒙特利尔接受面谈并得知自己即将被解雇后，牧师感觉自己自由了，挣脱了与教会和上帝缔结的契约，从某种意义上说，上帝在他最糟糕的时刻——最后的冲刺时刻——抛弃了他。于是，他放任自流，无拘无束，无所畏惧，肆意谈论树木、人和动物，讲述日德兰渔民的生活，以及试图把他们大卸八块的逆流和随处可见的鱼群，它们的尸体总有一天会覆盖被沙子掩埋的教堂的尖塔。我们一众信徒甚至觉得这个人正从楼顶往下跳，在我们面前展示着他坠落时的景象。最令人意外的是，大部分时候，他讲述的那些史诗总能引领信徒进入他的世界，似乎每个人都被他迷住了，除了那些保守的英国人。

他于 1982 年 3 月 14 日的布道和之前的一样神奇而虚幻。毫无疑问，派系分会已经留意到这名来自塞特福德矿城的异端，并设法将他清除出队伍，蒙特利尔教区的一名代表亲眼看见了他的反常，甚至在离开时，也难以掩饰其所受到的震撼。

那个周日的布道主要谈的是家庭代代相传的负担和忧

虑，那些我们知之甚少但仍需了解的故事，那些我们在传递给下一代前必须满怀痛苦背负的故事。这一切在父亲狂热与混乱的脑海中丁当作响，所有人、所有账目都被涤荡得干干净净。

“最后，我想告诉大家，这可能是我最后一次跟你们交谈了。我之所以来到塞特福德矿城，是因为其他地方没有看上我。出于同样的原因，我将会离开这个小城。我一共犯过两次错，两次都被赶走。你们将来会了解到一些关于我的令人不快的事。它们都是真的。这一次我也同样无法替自己辩解。但我想告诉你们的是，在这里的许多年，我始终尽职尽责，忠心耿耿。尽管这些词在今天听起来似乎很奇怪，尽管信仰早已离我远去，尽管祈祷对我而言已经不可能。很快，我的过往就会成为你们茶余饭后批判和谴责的对象。但我还是希望你们可以记住一句话，这句朴素的话是我父亲常说的，用来替每个人的过错开脱：‘每个人生活在世界上的方式都不同。’愿上帝看到你们，保佑你们。”

牧师的膝盖微微弯了下去，几乎看不出来，他的手仍紧紧抓着布道台。他忠诚的伙伴热拉尔开始演奏起与父亲一同选定的前奏曲，莱斯利扬声器将声音传向所有善良的人。

约翰内斯环顾四周，仿佛想在陌生的人群中寻找一位朋友。他张了张嘴，似乎忘记了要说的话，他还有几句话不吐不快，他的手从身旁滑落，双腿一软，整个人倒了下去。

教堂里响起一片惊呼。热拉尔·勒布隆停下手上的动作向他跑去。风琴停止了演奏。

魁北克省，蒙特利尔市

灵车载着塞特福德矿城的牧师离开了这座城市。他被安放在密封的棺材里，先被送往多尔瓦机场，接着又登上了瑞士航空公司经日内瓦飞往哥本哈根的航班。抵达丹麦后，另一辆灵车会把他送到斯卡恩，在那里，当着家人的面，他带着望远镜和我曾迷恋过的那顶六角帽，消失在地里，埋葬在沙子下面，在狂风肆虐的墓地。

我通知了母亲，她也来了。作为一个优雅的“寡妇”，她受到了全家人的欢迎，像从前我们最美好的那段时光。当约翰内斯的棺材随着古老的教堂钟声消失在泥土中时，她拿出一小块纸巾擦了擦干涩的眼角。她搂着我的肩膀，保持着我们一直以来的那种距离说话，我仿佛在和一个远房婶婶聊某个共同的老朋友的去世。这里没有父亲，也没有母亲，更没有孩子，只有两个成年人走在墓地，回忆着曾经熟悉的另一个人的离世，就像谈论生命之轮造成的不可避免的伤害一样。

我母亲和汉森一家都不知道约翰内斯最后两年是怎么过的。他们也没有任何理由知道。之后，母亲去了日内瓦，其他人回到了他们的捕鱼生活中，而我则朝着期望的第二次新生活迈进。

应蒙特利尔教区的要求，没有组织任何纪念汉森牧师的弥撒或仪式。银行和教会对牧师的账户做了最终结算。那些英国人等着另一位牧师就任，在此之前他们暂时换了一个教区。至于热拉尔，出于对乐器的热爱，同时也为了纪念我的父亲，他从教区买下了那台哈蒙德 B3 风琴、脚踏键盘和它不可或缺的莱斯利扬声器，教区欣然同意。也许至今，七和弦和九和弦仍然在舍布鲁克一带回荡。几年来，我和热拉尔·勒布隆——我现在住在蒙特利尔——一直保持着电话联系，互相倾诉着各自生活中的遭遇。他告诉我，接替约翰内斯的新牧师只吸引了少数上年纪的忠实信徒。用他的话说，这些信徒“哪怕在讲台后放一只河狸鼠他们都会来的”。又过了几年，热拉尔在某天晚上 11 点左右给我打电话，他很想告诉我他刚知道的事。塞特福德矿城教堂一年前因为英国人的背弃而关闭，然后就像我母亲的电影院一样，被地产商出售，但很快又同牧师住宅一起被买了回来，改建成了住宅楼。“如果你父亲看到这些，相信我，他一定不会后悔在赛马场度过的那些下午。总有一天我会去那里走一走，告诉你那里现在是什么样子。”如今，我再也没有收到过热拉尔的消息，我想我能猜到原因，我也再没回过塞特福德矿城。我只是希望新的房客能保留屋子的拱顶和框架，那里有很长一段时间都回荡着爸爸的声音。

牧师去世后，我离开了迪洛里耶的家族公司。他为我的离开组织了一场小型聚会。似乎能预知未来的皮埃尔坚持要送给我一个工具箱，里面装满了技工所需的各种好东西：一整套用于锯木、打磨、抛光、钻孔和锤击的小电动工具。“我不知道你会变成什么样子，但有了这些东西，再加上你在我们这里学到的东西，已经够你谋生了。祝你好运，孩子。”很久没有人叫我孩子了。我把所有装备和私人物品塞进了我那辆 3.54 米长的小本田里，它轻飘飘的。然后我驶出小城，直奔蒙特利尔。

在监狱里，我们很少谈心，几乎不谈各自的家庭。帕特里克跟我简短地提过几回他的家人，但我很快就感觉到，谈论同家人一起度过的那些青春岁月让他很不舒服。我也没跟他说过我的什么事儿。关于我母亲，我只是简单地说她是一个非常现代、坚强的绝色美人。“伙计，那是你妈。你不能这么说你妈，这太他妈不靠谱了。‘绝色美人’，你知道你在说什么吗？听起来你好像在说拉瓦尔[1]一家酒吧的女招待。当你这么说的时候，我都懒得跟你说人们脑子里立马会想到的东西。不，伙计，你妈就是你妈，到此为止。”

还有一回，我提到了父亲的丹麦血统，以及他生前是一名牧师的事。这个错误给我好好地上了一堂礼仪课。“操，你是牧师的儿子。真操蛋啊，荒唐到家了，不是吗？那你家老头整天都在做什么？我的意思是，弥撒什么的不是只有星期天才有吗？我没法想象自己是哪个牧师的儿子，不，那太奇怪了。还有，牧师会和一位‘绝色美人’一起生活？这也很不靠谱啊，伙计。我知道牧师可以这么做，但是，妈的，还是很怪啊，和你妈一起，就像你说的那样，太怪了，伙计，太怪了。对不起，但我们天主教徒不习惯这样。我们不和任何人上床。神父什么都不能做，偶尔搞一回也不行。当然，正式规定是这样的。所以你，还有你那位在去教堂之前和你的‘绝色美人’妈妈做那事儿的老爹，不好意思，我觉得都太离谱了。”我们就此打住了，家庭琐事和比较天主教或胡格诺派习俗的优劣被我们永远地放在了一边。

[1] Laval，加拿大魁北克省西南部城市，位于蒙特利尔郊区的耶稣岛上。

今天，帕特里克看起来很紧张，他收到了他那并不是绝色美人的妈妈的信，说下午要来探视室见他。为此，他特地刮了胡子，找了几件不那么皱皱巴巴的衣服，这在我们这种住着两个杀人犯的牢房里是难得一见的。我还看到他仔细地用梳子理了理头发，这是我们入狱同住以来的第一次。他看起来就像第一次赶赴恋爱约会的小伙子。很紧张。他的期待从收到信的那一刻就开始了。他马上就要变回喜欢别人家孩子的老师的儿子，变回许久未见的母亲的儿子，变回家人叮嘱他如果他把冰球杆落在车库前的小道上就一定会丢的儿子。他觉得母亲过去是有点爱他的，即使她看起来不是这样。否则她今天怎么会千里迢迢来这所臭名昭著的监狱，来这间令人作呕的探视室？她当然爱他，即便在他干了蠢事、老师在房间里把他打得屁滚尿流的时候。如果她不护着他，那是因为她护不了，而且无论如何，她丈夫也容忍不了。她默默地等丈夫离开，这样她就可以重新开始生活，就可以拥抱她所有的孩子，请求他们的原谅。“这件栗色衬衫和我的蓝色裤子配吗？还是我应该穿灰色的？我在这儿住得太久了，不知道该穿什么好。”他犹豫不决。他不知道他妈妈会怎么想。她是会以貌取人，还是会把他当成无赖和暴徒，但他是她的骨肉，是她当老师的丈夫在某个晚上一时冲动的体液凝结而成的。

帕特里克让人特别感动。我希望她能好好待他。

我搬到蒙特利尔的时候，正好是我接到通知去参加加拿大国籍正式授予仪式的日子。为了获得这个第二国籍，我等了将近五年。来自世界各地的一百多人聚集在一个专门的大厅里，两面加拿大国旗，一名穿着笔挺制服的皇家骑警[1]，一位身着官服的主席，一个戴着金项链的书记员，每位参加者都被授予了一份证书，上面写着热情洋溢的话："欢迎加入伟大的加拿大大家庭。"随后全体起立高唱国歌《啊，加拿大》，这首国歌由阿多尔夫·贝西·卢提尔作词，卡力沙·拉瓦雷谱曲。

我穿过让娜·曼斯公园，走过圣乌尔班街和艺术广场，在87咖啡馆点了一份巧克力，什么都没变，只是我成了加拿大公民。揣着新证书，我可以为自己是来自斯卡恩的丹麦人的法裔加拿大人儿子而自豪了。我第一次在签署新的土地租约时，自己选择了新家的名字。这对我来说是一次全新的体验。至于《啊，加拿大》这首充满战争情结的歌曲——"你的手臂可以持剑/可以扛起十字架"——由推杯换盏间的蹩脚诗

[1] 加拿大皇家骑警（Gendarmerie royale du Canada）是联邦制国家中独有的集联邦警察、省警、市警于一体的警察服务机构。

句拼凑而成，比我祖国那首可怕又要命的《马赛曲》好不了多少。我知道，作为一个有自尊心的法裔加拿大人，如果渴望在这片土地上获得一点点和平和尊严，就不应该说——甚至不应该想——我将要写下的东西：说到国歌，没有哪首可以与之抗衡，无论在哪里奏响，《天佑女王》都会让每个人遗憾自己不是英国人。

我喜欢蒙特利尔。这是一个舒适的、对车辆友好的城市，是世界上少数几个能让人感觉生活的颠沛和冲击得到缓冲、不幸可以被包容、创伤可以被抚平的城市之一。那里有高山、湖泊、公园、河流，以及整个人类社会嗡嗡作响的声音，共同构成了一派繁荣纷呈的景象。在夜晚，一切慢慢散去，人们回到公寓楼明亮的蜂巢里。我不费吹灰之力就融入了这种氛围，先是在圣母街的罗纳五金店当售货员，这里实在是名副其实的购物天堂，是一个工具和配件的伊甸园，你可以在高耸入云的货架之间穿梭，那上面总是放着不可思议的东西。之后，我在罗布劳工作，这是家普通的杂货便利店，我负责在果蔬区上架水果和蔬菜。最后，我去了圣洛朗大道上的加拿大汽车公司，这里负责供应汽车配件，同时也提供日常的车辆维修服务。在将近一年的时间里，我的工作就是在维修车间更换滤清器、火花塞，以及就像招牌上写的那样给

“everything on wheels”[1] 换汽油。每天 8 辆车。一个月近 160 辆。一年大约 1 600 辆。

给汽车上润滑油无法成为一种事业。没人能够整天赞美胜牌、亚马逊倍思、鹏致、紫皇冠、安索或快客速达的机油质量好。我发现有一类强迫症客户与润滑油有着奇怪的、近乎依恋的关系。在这些男人的一生中，他们对精制添加碳氢化合物瓶子的忠诚度可能超过对女人的忠诚度，尽管是女人耐心看着他们变老，听他们唠叨汽车总是耗油量超标。

在我三十岁生日后的第八天，我离开了汽油和轮胎的世界。我住到了克拉克街的一个一居室里，对面就是小意大利住宅区，距离雅里公园只有一步之遥。毫无疑问，这里的公寓楼管理员是这座城市最奇怪、最有趣的人之一，我对他充满了无限的同情。无论寒冬酷暑，他在工作时间总是穿着同一套衣服：保护脚趾的劳保皮鞋、高筒毛袜、两侧有贴袋的百慕大短裤、黑色运动衫和印有 UPS 标志的巧克力色夹克。他想一辈子都为这家公司在城里奔波吗？他一直都戴着公司的徽章，穿着公司夸张的工作服。此外，当他走在公寓楼的走廊上时，可以完美地模仿现代生活和家庭中的各种噪声。

---

[1] 原文为英语，意为“所有有轮子的东西”。

他像搅拌机一样来回擦拭着清洁电梯门，像吸尘器一样模仿着嗡嗡声擦拭窗户，同时提高车速，仿佛他正在驾驶一辆一级方程式赛车。他甚至把润滑完美的门弄得吱吱作响。当夜幕降临时，他坐在公寓楼的台阶上抽着烟，模仿渔船离开港口时柴油机的声音。在表演这些的时候，谢尔盖·布勃卡在这个世界上是孤独的，他既不想取悦别人，也无所谓娱乐自己。他在潮水合适的时候远离海岸，坐在刺网渔船的舵轮旁，听着帕金斯发动机[1]发出的咕噜声。他用自己的方式构建属于自己的世界，就像那些满嘴马达声的孩子推着他们的丁基玩具[2]在客厅的“高速公路”上驰骋一样。我和谢尔盖·布勃卡相处得很好。有时候我回家时他正好在大厅。他就问我：“今晚想来点儿什么？”我回答道：“自动开关的地铁门。”接着，信号灯就响了，我假装上了地铁。就是这样。

我很感谢布勃卡，是他让我开始了新生活。这一次，他甚至没有模仿招工时握手的声音，就把我介绍给了诺埃尔·亚历山大，他是精英公寓楼的业委会主席，这幢大楼位于阿汉西克区，离同名公园不远。有时我会帮谢尔盖解决一

[1] Perkins Engines，英国工程机械和柴油发动机制造公司。

[2] Dinky Toys，英国玩具公司麦卡诺（Meccano）生产的合金压铸模型车、船、飞机等的总称。

些电气和卫生方面棘手的小问题。因为这个，他一直佩服我、感激我。因此，当曾住在这里的亚历山大在一次偶然会面中说他正在找一名新管理员，以取代不称职的现任管理员时，布勃卡只说了一句："我有您需要的人。""你知道亚历山大先生对我说了什么吗？他说：'让他来找我。'他还说：'他也会发出那些声音吗？'我喜欢亚历山大先生，他是一位非常值得尊敬的老先生。"

一个月后，我搬到了精英公寓楼，这是一幢像豪华邮轮一样巨大的流线体建筑，有机房、复杂的内部结构、巨大的游泳池、繁茂的花园，还有 6 层甲板上的 68 间客舱。其中最不起眼的那间是为我预留的，它位于底层。我被聘为管理员，并得到承诺，如果工作三年后，我的表现令人满意，我将被提升为总管。因此，我没有穿船长的制服，而是穿上了精英公寓楼杂工的卡其色工作服。

第一年对我来说是一场无尽的噩梦。我不得不与疲劳、沮丧和黑暗做斗争。我被同时进行的任务、个别人的要求、故障、例行维护淹没了，而这些工作又因冬季的恶劣天气陡然倍增。有好几次我都差点辞职。刚开始我就瘦了 9 公斤，总是失眠。我一直生活在巨兽的腹中。六个月后，我还叫不出在公共区域遇到的居民的名字。

霍顿嘲笑我父亲的日程安排真是太对了。从强度、集中度、工作内容、疲劳度等方面来看，管理一座教堂，让它正常运转，给莱斯利扬声器插电，每周一次纠正英国人的错误确实是一种乐趣、一种休闲活动，或者说消遣。仔细想想，我好像从来没有听父亲抱怨过，不管是在赛马场还是赌桌上。数小时的深夜驾驶，不断增加的损失带来的焦虑，以及对这种第二人生终将被人发现的恐惧，确实让他付出了代价。但在此之前，在他被信众包围的那些年里，我一直知道他充满活力、生机勃勃，像玫瑰一样鲜活。

而在精英公寓楼，玫瑰的刺像匕首一样竖着，它们在花园里等着我在适当的季节对其进行处理和修剪，斜着剪一刀，在弱枝留三个芽，而后把它们包裹好过冬。此外，我还得照顾接骨木、唐棣、喜马拉雅蓝杉和绣球花，收拾枫树秋天纷纷掉落的树叶，还有夏季总是干渴难耐的草坪，必须保持它们绿得无可挑剔，还要“剪短”，“但也不能太短”，以及那个我曾多次掉下去的游泳池，那 230 000 升水的平衡实在难以维持，仿佛只需要一眨眼的工夫，它的 pH 值就会骤降，或是显出生物上的怪异之处，招来一大群藻类，它们形态不同，要么把泳池变成一个巨大的牛奶罐，要么就把它变成诡异的菠菜色。在对泳池进行盐处理之前，我努力地用四效氯、pH+

和一罐罐液体絮凝剂将垃圾沉淀到池底，然后吸走并将其排入下水道。除了操作成本高昂之外，这项工作总是非常耗时，而且会被严密监督，还要忍受穿着游泳衣的业主们的不耐烦。这些微生物吞噬着我的生活，有时我不得不在半夜去池边查看受损程度，以免业主起床发现情况。直到这些供休闲娱乐的池水经过盐处理，并用一个电热系统确保水温从 4 月下旬到 10 月中旬都保持在 28℃之上，连续几个月的夏天，我都生活在 230 000 升水的阴影笼罩下，每天夜里提心吊胆，因为它们随时都有可能打破平衡，让我无比难堪。

我不止一次站在诺埃尔·亚历山大的公寓前，带着一个悔过的职员的歉意承认自己的失败："昨晚，我搞砸了。"然后，亚历山大会转向他的妻子："我们搞砸了。"不到一小时后，所有人都站在阳台上，目不转睛地盯着这场灾难，重复着："我们搞砸了。"

是的，很长一段时间里，那个泳池一直是我担心和烦恼的根源。更稀奇的是，许多年后，它也成了我被解雇进而被监禁的原因——但这一次，和它的氢化反应无关。

此外，并不是所有的棘手情况都会随着夏季的结束而消失。例如，秋天开始的时候，230 立方米的水被排入下水道，以防止深冬池水结冰造成砖石和管道破裂。虽然这项工作是必不可少的，但我启动这项程序的时候，始终非常羞愧，觉得自己做错了什么。230 000 升水经氯化消毒，随后又用盐处理过，被加热了整整六个月，这样大多数居民就可以自在地练习侧泳，然后突然间，放水开关一扳，就将这个“城市小海洋的纯净潮汐”送去了下水道。

越冬的第二阶段是用空气压缩机排空所有过滤、高低压吸入与排出管道，并关闭加热系统。剩下的就是等待大雪将这个巨大的蓝洞覆盖，遗忘，直到来年。

我从这些早期的日子里学到了一个简单的教训：物似主人形，公寓楼往往与住在里面的人相似，也喜欢住在里面的人和它们相似。

浪费生命的方式无穷无尽。我外祖父选择了雪铁龙 DS19。我父亲选择了神职。至于我，则更愿意加入这个世俗的修道院，它将我的日子安排得有条不紊、绵长丝滑。除了意外的故障和紧急情况，我的时间表一成不变。早上，我首先要巡视公寓楼的所有走廊，检查它们整体的清洁状况；然后我会测试电梯、照明和电气系统，无论天气或温度如何，我都会到楼顶检查通风系统。8 根柱子，每根都装有 3 个电机，用于通风、除臭和除湿。我检查阀门是否正常，聆听组件的滚动声，以便发现由磨损开始引起的异样声响。回到室内，我到地下室测试电梯泵装置，润滑车库的卷闸门，检查火灾报警系统、安全系统以及所有进入公寓楼的门禁系统是否正常运行。返回时，在开始一天的正式维护工作之前，我会去监控室，查看 24 个监控摄像头，覆盖公寓楼大部分室内和室外区域。

这一轮排查至关重要，因为它让我能够防患于未然，在问题产生连锁反应之前预见并解决它们。

精英公寓楼就像它的泳池一样，很脆弱，同时反复无常，任性冲动。无论何时都得一直关注它，否则稍不留神，它就会离我而去。这时我就得领它回家，让它恢复理智。它就像牙膏一样，很容易从管里挤出来，但再想吸回去就难了。

过去这两天，肠胃炎在整个监狱蔓延。这真的很折磨人，拥挤和公共厕所导致疾病更容易传播。一个牢房接一个牢房地感染，分发易蒙停[1]目前似乎并没有起到什么作用。恶臭传遍了整个建筑。狱警们戴着口罩和乳胶手套，接到指示要求不得与囚犯接触。我希望这个病不会影响到我们这间，但昨天轮到我们了。似乎食物是它的源头，因而来势汹汹。不得

[1] Imodium，即洛哌丁胺，一种止泻药物。

不坐在别人面前解决内急是一种要命的羞辱。没人生来就该经历这些。我越来越难以接受这个世界的暴力和残忍。每当内急时，我都会急匆匆地向帕特里克道歉。“别像个娘们，兄弟。事情就是这样。既然我们都被抓进来了，就别把生活搞得太复杂。放空也放松你自己吧，别管我。仔细听着：我什么也看不见，什么也听不见，什么也闻不到。”

有时，霍顿的粗野中透着某种高贵的东西，这让他比法官和狱警高明，也比他那终生教导他人而自己却学无所成的父亲高明。就在你最意想不到的时候，就在最恶劣的情况下，他却骤然闪现出人性的光辉。

一名狱警告诉我们，据医生说，一周内一切就会恢复正常。在此期间，我们的餐食主要是米饭。帕特里克和我尽量多睡觉，但肠胃的反复痉挛却无时无刻不在提醒着我们。临睡前，霍顿问我一件事：“如果明天好点儿了，你能帮我理发吗？”帕特里克一定对我很有信心，才会把这个任务交给我，因为任何人只要亲眼看到给“野兽”理发，哪怕只有一次，都会立即要求调换牢房。

今天早上情况好些了。臭味好像已经散了一些，我们的肠胃也平静下来。帕特里克已经准备好了。他的背十分僵硬，坐在凳子上，肩上搭着一条毛巾。他非常紧张，非常焦虑。他的下巴绷得很紧，喉咙也憋得很紧，好不容易才对我说出几个指示："不要剪得太短，最重要的是，要轻要慢，不要大把大把地剪。我不想听到剪刀在头发上咔嚓咔嚓的声音。慢慢来。如果我觉得不对劲儿，我会告诉你，你马上就停下。如果我真的不舒服，会在地板上躺一会儿。这很正常，不用担心。我相信你。来吧，小子，再给我一两分钟，我们就开始。"

帕特里克·霍顿从小就患有一种罕见的恐惧症。他认为头发是身体不可分割的一部分，剪头发会让他有生理不适。"我不知道怎么说。这有点像切掉我的一根手指或一小块耳朵，就像真的截肢一样。我会觉得很痛，头发是我的一部分。这就是我没法去理发店的原因。在家里是我母亲给我剪头发。她知道诀窍，会和我聊天什么的。要是我自己来的话，是不可能的。我试过自己对着镜子剪，但每次我一动剪刀，就翻白眼了。你能看着自己把舌头剪下来吗？"

我用手指梳理帕特里克的头发，无限轻柔地剪下一缕又一缕的头发，就像用指甲刀在丛林里披荆斩棘。"轻点儿，一次不要太多，也不要扯我的头发。不要让剪刀发出响声，我受不了，抱歉，伙计。"帕特里克全身开始不自觉地颤抖，我可以看到他的上嘴唇挂着焦虑的汗珠。"停，停，停两分钟"。地上只有一小簇头发。照这样下去，他的头一星期都剪不完。

休息时，我冲了一杯咖啡，帕特里克喝着咖啡，浑身发抖，两只手紧紧捧着杯子，就像刚从海难中获救的幸存者。

剪刀尽力了，但即便是一点点地来，锋利的刀片也会在切割角质层、皮层或髓质时发出特有的刺耳声响。这正是帕特里克无法忍受的。“停！妈的！不行，我头晕，我得躺下，啊该死。”这个狠角色慢慢地从凳子上滑到地板上，像一只肥胖的宠物一样蜷缩着。我蹲在他身边，把手放在他的肩膀上，听着他逐渐平静的呼吸声，我们就这样并排躺着，不知道过了多久。

随着时间推移，我的夜间恐慌和缺乏自信的情绪逐渐消退，精英公寓楼那个畏畏缩缩的管理员，在第三次合同期满时，如约晋升为总管。简单地说，这一新身份给我带来了更高的薪水，我的责任范围也扩大了，除了原来的职责以外，我还开始负责公寓楼的行政管理，包括耗材采购、订购维修产品和工具、与承包商打交道以及预约安排等。某种程度上，我就像在经营着一家小企业。经过一段时间的适应，我悄然融入了这个被人们亲切称呼的总管身份，逐渐成为整个建筑的中坚力量，有时甚至成为大家的知心朋友和倾诉对象。

按规定，我的工作和管理范围止于每家每户的门口。门以内的事情与我无关。每家每户的故障、漏水、停电、电话或电缆问题都归住户自己解决。

1990年代初，精英公寓楼的住户都是上了年纪的老人，他们最初在这里定居的目的是在舒适整洁的环境中安享晚年。这个时刻到来了，命运眷顾这些业主，为他们找来了一位法裔加拿大籍的管理员，他没有任何证书，但什么都能干，可以处理故障、漏水、停电、电话不通和电缆缠住等各种问题。就这样，尽管规定明令禁止，他们的房门还是在我面前打开了。出了我自己的公寓，整栋楼有点像是我的第二个家。那几年，精英公寓楼的68户中有21位单身女性，年龄都比较大。她们都很依赖我。有时，我帮她们疏通堵塞的洗碗池；有时，我帮她们回忆往事，纾解即将泛滥的记忆。有些晚上，我感觉自己花在倾听灵魂嘶鸣上的时间，比检查屋顶上抽风机嘎吱声的时间还要多。我已经三十五岁了，非常有耐心，最重要的是，我还一直有着这样的激情：我愿意修理东西、善待它们、照顾它们、关注它们。当人们向我提出要求时，我总能以同样的方式对待68位业主，他们毫不犹豫地来找我，反复说着："如果你有问题，保罗能解决。"

1991年5月14日，我不得不面对一个让我手足无措的局面。我母亲的伴侣冈瑟·甘茨半夜打电话告诉我，她去世了。

直到现在，我还能听到他那带着日耳曼口音的大嗓门在电话里对我说："里麻麻一小斯前奏了，她没有蓝受，她是自洒的。"[1]

多瓦尔机场。加拿大航空公司的航班。七个半小时的夜间旅行。日内瓦的科安特兰。甘茨在等我，还有他那辆 1970 年款的奔驰，他不怎么说话。他的房子里很暗，充满了另一个时代的气息。铺着红色天鹅绒的楼梯吱吱作响。然后是我母亲的卧室和躯体。她穿得像是在夏天。她的双手交叉放在肚子上。她的脸被重新涂上了生命的色彩。她看起来好像在休息。好像死神只是进来又出去了，好像她还会睁开眼睛，看到她的儿子，让他坐在她身边。她没有戴任何手表或首饰。甘茨已经把所有东西都收到首饰盒里去了，他看上去很爱收拾。我想把手放在母亲的手上，但我不敢。甘茨以他一贯的海关职员的怀疑姿态待在我身边。有摩托车驶过的声音。远处，是湖湾。

"民天早上火花。"[2] 床头柜上还放着她的小瓶子，像打了胜仗的部队一样一字排开。"她是自洒的。"[3]

---

[1] 此句应为："你妈妈一个小时前走了，她没有难受，她是自杀的。"作者在这里有意改变了拼写以模仿冈瑟·甘茨的口音。

[2] 此句应为："明天早上火化。"

[3] 此句应为："她是自杀的。"

他在电话里和机场都已经告诉过我了。我是这个女人的儿子，我看管着一栋公寓楼。我帮助老人，有时也帮助病人，我还希望能起死回生。我坐在床边轻触她的皮肤，像我父亲的一样冰冷。这时，我看到在离甘茨很远的地方，有一个小小的幽灵，背负着我们人生的所有苦厄，从童年的小路上走来，载着最初的完整的爱，带着许多我们将永远不再拥有的东西。小保罗·汉森的眼泪滴落在母亲外套的棉布袖口上。

甘茨，永远的瑞士守卫，走私犯的克星，保持着一个姿势。摩托车又从另一个方向驶过。

圣乔治火葬场，日内瓦巴蒂大街。松树林立，宽阔的台阶通向一栋混凝土和玻璃构成的大楼，顶部有几座像是未完工的塔楼。贴着白色瓷砖的大大的焚化炉。“里麻麻局绝中教义式。”[1]甘茨用他那烦人的声音说着，他总觉得自己有义务给明摆着的事实配上字幕。我深知，曾是赛马场牧师前妻的安娜·马尔热里，会为电影《深喉》做推广、为电影《猪圈》[2]做宣传，从一开始她就是无神论者，不会在焚化炉前请求牧师

[1] 此句应为：“你妈妈拒绝宗教仪式。”

[2] *Porcherie*，1969年上映的意大利电影。由皮埃尔·帕索里尼执导，是一部具有象征主义和政治隐喻的艺术电影，对意大利的历史、政治和社会问题提出了深刻的反思。

给她敷圣油。就像渎神的美狄亚[1]一样，她带走了世间所有的优雅和美丽，进入了地狱。

归程旅途在一种疲倦的半梦半醒中度过。抵达时，多尔瓦阳光明媚，加拿大看起来像马略卡岛一样，精英公寓楼正慵懒地躺在洁净的水边。尽管天色已晚，我还是爬上了屋顶检查通风管道的转轮，确保我的小世界能自由呼吸，继续正常转动，毫无瑕疵。

[1] Médée，希腊神话中会巫术的公主，日神赫利俄斯的孙女，她与来岛上寻找金羊毛的伊阿宋王子一见钟情，帮助王子取得金羊毛并夺得王位。不料后来伊阿宋移情别恋，美狄亚为了复仇杀死了丈夫的新欢，又杀死了自己的两个稚子。

薇诺娜的海狸水上飞机

帕特里克的理发受难记没有下文。最终，他选择留住每一根头发，并用黑色发网把它们束起来，就像有时候加州囚犯在健身长凳上努力锻炼时戴的那种。今天监狱里一片嘈杂。司法部的一位官员要来视察我们这个监禁中心。他来的时候，所有牢房的门都必须打开，囚犯必须待在里面。部长代表将参观两边侧翼的牢房，并与囚犯交谈。

帕特里克得知这个消息后似乎很高兴。之后他就做了一个小本子，上面记录了他的不满，只有他自己知道内容，他说如果部长代表在我们的牢房停留，他会把这个本子交给他。

帕特里克·霍顿像只从漫长冬眠中醒来的大熊，已经恢复了所有的活力，与政府成员这次可能的会面，简直就是个大蜜罐，刺激得他胃口大开。

理查德·索雷尔腼腆地敲了敲我们的房门。在两名加拿大皇家骑警的陪同下，他走了进来，向帕特里克和我出示了他的证件。毫无疑问，理查德·索雷尔长着一张好人的脸。他也可能是他父亲多年来一窝蜂养大的十二三个法定子女中最小的一个或第二小的，看得出来，到了吃饭时间，其他所有人都会排在他前面。这也就解释了为什么即使成年后，他依然如此消瘦，他的衬衫领就像救生圈一样浮在他的脖子上。帕特里克盯着理查德·索雷尔，几乎被这个身材矮小的人吓住了，他似乎很失望，因为他没法用那件来自他平常生活的坚实作品来伸张自己的权利了。当副部长问我们是否对波尔多监狱有什么意见时，帕特里克·霍顿把话头揽了过去："我在这张纸上写了一篇小报告，但在交给您之前我想澄清一下。首先，我不像其他人，我是无辜的。对我的指控都是假的。我是'地狱天使'的成员，没错，但我只管摩托车，其他毒品之类的我从来不碰。这是第一点。然后我要问您几个问题。我不知道您住哪儿，但您在这里能住下去吗？在这个小笼子里，二十四小时和一个您之前从没见过的人住在一起，每天和他一起吃饭睡觉。您能当着他的面拉屎吗？这儿就是这样。在这儿，我们一年有三百天吃的都是煮鸡肉，混着一些你都不知道是什么的玩意儿。这些吃的东西不仅糟糕透顶，甚至还很危险。您可以问问其他人，他们能跟您确认这个。上星期我们牢里一下子全都拉肚子了，从早到晚当着对方的面一把一把地吞易蒙停。您家里有老鼠吗？这里一直都有，整夜整夜地挠东西。那该死的噪声让人根本没法睡，我们得用钢筋和钉子堵住各种缝隙。还有暖气，我不知道圣诞节的时候，您部里是多少度，但是这里的冬天，我们得穿着衣服，裹在散发着旧轮胎臭味的毯子里睡觉。我还没说别的，比如缩短的散步时间、糟糕透顶的活动以及把我们当垃圾一样对待的狱警。如果您和我一样是无辜的，您会怎么想？如果您想知道更多的话，我已经把名字写在纸上了。霍顿，帕特里克·霍顿。”

索雷尔副部长裹着西装，衣服紧贴着骨头，看起来像是刚从烘干机里走出来一样，他的遭遇也差不多就是这样。他刚刚碰到了地狱恶煞的最佳状态，好斗、精确、简洁。他需要一些时间来定定神。

理查德·索雷尔和两名骑警一起离开了牢房，他们的到来让我们的房间变得更加拥挤，在离开之前，理查德·索雷尔向我伸出不知道沾了点儿什么的手，然后转向帕特里克。“谢谢您的勇气和坦率。”然后，这个瘦小的男人就像来时一样，夹在两个骑警中间，谨慎地出门离开了。

今天晚上，监狱长来看望我们，看看我们和部里代表的见面是否一切顺利。“我希望您没说太多蠢话，霍顿。”帕特里克边笑边把发网放在羊毛衫上。“我？监狱长，我永远不会那样。”

1991年6月初，由我的恩人诺埃尔·亚历山大主持的精英公寓楼业委会年度全体会议在这里的会议室举行。绝大多数业主都参加了这次会议，他们在会上决定了来年的重点开支，并审议了上一年度的账目。一切在家庭聚会的氛围里进行，偶尔也会有一些冲突，但最后大家都会端着一杯气泡酒或霞多丽干红葡萄酒握手言欢。

基兰·里德那年破例没有出差，他参加了例行的庆祝活动，他同其他居民微笑或点头打招呼，但实际上并没有融入他们。我清楚地记得，那天晚上，我们聊起了他的一个案子，那是他去巴尔的摩处理的一桩肮脏交易。四个孩子与保险公司合作，揭露了他们已故父亲的私人丑闻，从而使支付给他们母亲的巨额保险费降到了可耻的程度。“我不得不记录他们的证词，这是我的工作。我一直没弄明白他们为什么要这样抹黑他们的父亲，让他们的母亲变得贫穷。而过了一阵子，保险公司为了表示感谢，给那四个孩子每人发了一笔奖金。

据我所知，你没有孩子，保罗。很好，永远别要孩子。相信我，他们迟早会在你头上拉屎。”

我经常注意到，当里德执行完某些考验人性的任务回来时，他对自己和同类人的评价都很糟糕。然后，他会把自己关在公寓里好几天，好像要把自己弄干净，才能再接公司的任务，才能恢复正常生活。“你知道的，伤亡理赔员不是一份工作。我一开始是律师，主要和工会打交道。后来我母亲病倒了。治疗和手术让她在六个月内花光了所有钱，所以我不得不承担剩下的部分，比如说她的长期住院费、看护和医疗费。就在那时，他们让我接了第一个案子。我记得很清楚。那事儿挺怪的。受害人开着皮卡，以每小时一百公里的速度行驶在乡间小路上，在过一个弯道时，一匹马突然冲到了他的车头前，卡车撞上了这头畜生，马撞破挡风玻璃，从后窗冲了出去。虽然难以置信，但事情就是这样发生的。当医护人员赶到时，他们发现司机在马穿过驾驶室时被它的侧身压扁了。这就是我处理的第一个案子。就在离这里不远的纽约州北部，我受雇调查死者的生平，多亏了一些不聪明的马和倒霉的人，我才得以让我母亲再过七八年体面的生活。你父母还健在吗，保罗？”

如果是两个星期前，我也许可以回答“是的”。但现在，今天，不行了，我的父母都已经不在了。没什么好调查的，他们谁都没有在路上遇到过马，也许我父亲除外，他带着望远镜和帽子，在赛马最后冲刺时遇到过。

随着时间推移，我深信每年里德都会因为必须调查死者的压力而越发不堪重负。他总是处在不幸的中心，面对想方设法减少损失的保险公司和渴望增加赔偿金额的家属，不可预测的法官和死死咬住自己建议的比例不放的律师，里德就像浸泡在一锅有毒的人性大杂烩里，人性中最恶劣的缺点、最低贱的部分都在这里沸腾。他的任务是不惜一切代价避免开庭审理，为此他必须与受害人的亲属周旋，进行秘密谈判，让他们相信他是站在他们一边的，在这个困难时刻表达同情，说服他们接受提议，虽然这个提议可能低于他们的预期，但立马就可以兑现，这样能够避免漫长的、结果总是不确定的诉讼，以及调查、对私人生活的反调查和巨额的律师费。理赔员就是这样在私密的客厅里降低了赔偿金额，对那些因丧亲之痛而虚弱不堪、担心在父亲的口袋或壁橱中可能会找到什么东西的可怜人进行调解。

业委会的会议刚结束，他就按响了我家的门铃。“你有什么特别的事儿吗，保罗？如果你不介意的话，我想请你吃晚饭。我整天都在看文件，我受不了了，我的头都快被这些鬼东西弄炸了。”

凌晨一点半左右，当我们返回精英公寓楼的门口时，基兰·里德挽着我的胳膊，滔滔不绝地讲述着他的经历，嘴唇几乎都要磨破了，他倾吐了所有困扰他的事，所有玷污他记忆的东西，让他的羞愧和遗憾散落在闪烁着镜子反光和卤素灯的大厅里。“说到底，事情其实并没有那么复杂。恰恰相反，生活的不公常常会通过司法途径被延长和确认，直到我们死去。对于保险公司来说，一个纽约企业家的死亡是件令人讨厌的事情，因为支付给他家人的赔偿金要比给一个在蒙大拿州失踪的养马人的赔偿金高出十到二十倍。我们都知道，有这样一张死亡地图，有些地方的死者是很值钱的。你知道当无法与死者家属达成协议，最终对簿公堂时，保险公司面临什么样的情况最糟糕吗？毫无疑问，就是一个被安全气囊炸死的孩子，或者是一个四十多岁生活在城市里的白人，有一份好工作，已婚，有两个孩子，热爱家庭，还在照顾年迈的父母。在这两种情况下，公司都会元气大伤。当案件看起来过于顺利时，比如死者是四十岁的白人男子，我就会被要求对他进行调查，比如他的健康状况。说来奇怪，死者的健康状况会影响赔偿金额。吸烟者的评级会下降，正在接受高血压治疗的会更糟糕，如果你是艾滋病阳性，评级就会骤降。

试想一下，根据专业人士和陪审团的标准，一个善于交际、经常外出、与朋友聚会、参加体育活动的受害者（我们称这些人为户外人士）会比一个常常待在家里看书或看电视的孤独者更值钱。事实上，你看，美国就是这样一个美妙的地方，这片令人愉快的土地，我们喜欢死者爱运动、活跃，最重要的是健康。别忘了如果死者生前一直遵循我们所谓的‘忠诚的家庭性行为’的话，其家属会得到一笔额外的补贴。在法庭上，只要遗孀宣称她因此被剥夺了‘令人满意和频繁的性关系’，陪审团就会增加25万到30万美元不等的抚恤金来抚慰她的悲痛。你知道吗，保罗？有一件惊人的事每次都会发生：寡妇越漂亮，赔偿金就越高。如果一个家庭主妇在事故中丧生，除了死亡赔偿金之外，还要指定一名家政专家来评估该妇女在家中所从事的家务劳动和家庭责任值多少赔偿金。做饭、料理家务、购物、带孩子、算账。一切都会经过权衡，按市场价格估价，并以‘经济损失’的形式量化。而在今天，控告大公司给他们造成了痛苦和煎熬或情感损失，要求赔偿的金额是最惊人的。我记得很清楚，在最近的奎尔斯诉凯斯公司的案子[1]中，代表原告的洛杉矶布斯与科斯科夫律师事务

[1] 凯斯公司（Case）是一家农业和建筑设备制造公司，奎尔斯是一名工人，在使用凯斯公司生产的铲土拖拉机时受伤，因而提告凯斯公司并胜诉。

所获得了1 750万美元的赔偿金。但是在掏这笔钱之前，公司总是要求我们四处打探，多方查证，看看死者是不是个乐活派，有没有什么不正当关系。就是这样，保罗，就是这样。我做着脏活，用着脏手段，周围都是肮脏的人。你死后，尽管在加拿大情况可能有些不同，但你身后的真正价值可能取决于律师的恶行、理赔员的美德、你的过去、你永远不会有的未来、你的肤色、你的运气以及你'令人满意和频繁'的性能力。满意和频繁，保罗，在你活着的时候永远不要忘记这点。"

我曾经问过里德，为什么在他母亲去世后，他没有放下那些案子，与那个世界划清界限，回到自己最初的职业。他说太晚了，他没有勇气从头再来。他知道自己走错了路，但也只能一条道走到黑了。那天晚上，我彻夜难眠。怪就怪里德，怪他的倾诉有时会让我觉得不自在，怪他的那些案子，即使他走了以后，依然萦绕在我的脑海中。那天晚上，一对男女驾车超速行驶。一辆半挂卡车从右侧驶来，拦住了他们的去路。他们甚至来不及减速，就从挂车下面开了过去，挂车把整个车顶都掀掉了。最后挂车停在了100米开外的路中间。那对男女的尸体直挺挺地绑在座位上。他们的脑袋被劈成两半，一模一样，都只剩下下颚和下牙。被切掉的半个头颅滚落在路上，头发和脑浆混在一起。这些死者的真实健康状况如何？他们是否是户外人士，是否有“令人满意和频繁的性关系”？

今天上午，最好与帕特里克保持安全距离。律师告诉他，他的摩托车可能会被法院作为涉案证据扣押。那是一辆“肥仔”[1]，密尔沃基八107发动机，6挡变速器，价值2.5万美元，排量为1 745立方厘米，即每立方厘米值14.32美元。在我们的牢房里，“肥仔”的照片就摆在帕特里克的置物架上。我希望有机会告诉法官这台摩托绝对不能碰，否则必定会唤醒火山，这个凶神恶煞将一下子变得比活撒旦还要可怕。我还想告诉法官，不管帕特里克做了什么，不管他犯了什么罪，都必须把摩托车停在原地，不要碰它，摸都别去摸，让这个“肥仔”在车套的保护下安然休憩，远离时间和人类的审判。如果说有什么能拯救帕特里克·霍顿的话，那就是他的哈雷摩托车和每立方厘米14.32美元的价格。碰这辆车就意味着开始一场冲突，意味着向霍顿宣战，意味着要冒泯灭他仅存的人性的风险，把他变成一个新的莫里斯·鲍彻老妈——黑帮“地狱

[1] Fat Boy，哈雷公司于1990年推出的一款软尾巡航摩托车，哈雷旗下最经典畅销的车型之一。

天使”的前头目，因谋杀两名狱警被判处终身监禁。

整个早上，霍顿都在自言自语：“谁敢动这辆车，他就死定了，操，我要把他劈成两半！以‘地狱天使’的名义！我要把他锉骨扬灰！”这话他没有特别针对谁，只是一边走一边咆哮，就像一只失去猎物的野兽。大约中午时分，两名狱警注意到了他的异常，便去走廊找他，并和他聊了一会儿。两小时后，他被带到监狱长办公室。

埃马纽埃尔·索瓦奇倒不是比其他人更坏。他只是在和一些肮脏的家伙一起从事着一份肮脏的工作，他们大多数人过去都过着不光彩的生活。他管理着这个维护不力的机构，用政府给的经费为里面的住户提供食宿。他时常来看我们，用亲切的口吻和我们说话，对我们既不过分严厉，也没有过度同情。关于这个人，我只能说这么多，当他得知霍顿想把这个城市西部四分之一的人口劈成两半后，不到两个小时他就把霍顿叫到了办公室。

下午三四点钟的时候，我看到霍顿回来了，他的步态很特别，当他身体健康、对生活满意时就会迈着这样的步子。他的鞋子好像装了弹簧，每走一步都有一种奇怪的弹力。他的脸上洋溢着笑容，就像一位年轻的参议员在竞选时那样，向每一个与他擦肩而过的人挥手致意。他走进牢房时，看都没看我一眼，径直走到“肥仔”的照片前，亲吻了一下，就像亲吻一个从战场归来的孩子。“太厉害了，索瓦奇，他太厉害了。你相信吗？他让我去他那儿，问我在牢里搞什么名堂，我花五分钟解释完了，他摇摇头说：‘在走廊上等着，我给法院书记员打个电话。’五分钟，还不到五分钟，他就对我说：‘好了，问题解决了，肥仔留在你家。你的律师什么也没搞清楚。现在别再给我们添乱了。’他没把我赶出去，反而叫我坐下，对，索瓦奇让我坐下，你知道吗？他跟我聊摩托车什么的，我感觉这家伙还挺懂行的。他问了我一些关于‘肥仔’的问题，一般开奥迪的人压根不会想到这些。然后，他突然停了下来，告诉我他也有一辆哈雷，一辆‘软尾司令’[1]，你对这些一窍不通，但那是一辆真正的恶霸车，装着 140/90/16 的变态大轮胎。你信我们的头儿索瓦奇也骑软尾摩托车吗？当他说我的事搞定之后，我真他妈想亲他一口。所以在那之后，他的‘软尾司令’和轮胎的事儿，你敢相信吗，算是额外的奖赏。你信吗？监狱头头骑哈雷。不好意思，孩子，如果你不介意的话，我要赶紧去拉个屎，情绪太激动闹得我肚子疼得厉害。之后，如果你愿意的话，我想这次应该没问题，你可

[1] Softail Slim，哈雷公司推出的一款软尾系摩托车车型。

以帮我剪头发。”

毫无疑问，有一位摩托手之神，一个可能骑着“经典继承者”[1]的家伙，玩得够大，能让监狱里的兽中之王和他安排的驯兽师相安无事。

夜晚很平静。白天积聚的紧张气氛已经消退。在我们这样狭小的空间里，气氛会随着我们的负面情绪或一时冲动而迅速恶化，就像临近暴风雨时，空气中充满了压迫我们的正离子一样。但是，我们养成的生活规律再一次占了上风，我的同屋就像拿回了自己玩具的孩子一样心满意足地睡着了。监狱睡着了，狱警和囚犯都睡下了，只有我还醒着，等着薇诺娜、努克和牧师的在天之灵来到我身旁。我一直在等他们。现在他们来了，我的眼睛睁得大大的，我有很多话要说。他们的陪伴，也将是我在尘世仅剩的一切。

就像我之前说过的，我被关在波尔多监狱，位于普雷里河畔的古因大道上，与我过去住的地方——精英公寓楼——近在咫尺。就好像命运将我安置在这个街区一样，它也安排我遇见了薇诺娜。也是在这条大道旁，一条河流蜿蜒流淌，

---

[1] Heritage Classic，哈雷公司于1986年推出的一款软尾摩托车，哈雷旗下最经典畅销的车型之一。

它是几款小型水陆两栖飞机的水上基地，在蒙特利尔方圆 300 公里的湖泊之间按需运送包裹和乘客。薇诺娜·玛帕切供职的小公司名为“海狸航空”，这名字是关于公司使用的三架飞机名称的双关游戏：由德哈维兰公司制造的海狸 DHC2，这种坚固的单引擎小飞机，自 1947 年 8 月 16 日首次飞上蓝天以来，穿越了世界各地的天空。为了适应自然，它们会根据地面和季节的变化，套上浮筒、轮胎或滑板。

1995 年 5 月的一个早晨，公寓楼业委会主席诺埃尔·亚历山大问我是否有时间替他去城北的古因东岸离圣·约瑟夫公园小岛不远的地方接一位朋友，这位朋友将于中午左右在水上基地着陆。

这个地点算不上迷人，但它与该公司提供的飞行标准和质朴服务相吻合。河道边有一个小港湾，一座供办理手续的小木屋，还有坚固的浮桥方便乘客下机和飞机系泊。

伴随着普拉特 & 惠特尼公司的发动机特有的声音，飞机从北边出现。它逐渐降低高度，越过水上基地，朝南飞去，然后转了个 180°的弯，与水面保持平行，放下浮筒，向岸边滑行，就像一只正准备歇脚的大水禽。机舱里有三位乘客，其中就有亚历山大的朋友诺瓦先生，他带着三个旅行包、一条脏兮兮的狗和一捆钓鱼竿。当我正试图把这些东西搬出机舱时，有人对我说：“您这样是搞不定的。”那是飞行员薇诺娜·玛帕切，她把飞机上的杂物整整齐齐地堆放在岸边。我看着她检查水上飞机的系泊点，打开侧面的舱门，拿出几张地图和一个皮挎包，然后穿着深蓝色的连体服朝那间兼具总部、中转室、登记处、候机室和餐厅功能的小木屋走去，那里放着有麦片棒和包装好的松饼的自动售货机。

“您还好吗？狗也还好吧？您的行李在这里。一切都安排好了，您可以走了。”这一切都发生在不到十五秒的时间里。在一段关系中，通常不需要花很长时间就能搞清楚你面对的是哪种类型的女人。在这最开始的几秒里，我就明白了薇诺娜·玛帕切，她的父亲是阿尔冈昆人，母亲是爱尔兰人，属于那种每时每刻都意识到生命短暂而宝贵、绝不接受在琐碎问题的排队中耽误时间的人。

按照逻辑，我们之间的关系本该止步于此，止步于在古因大道普雷里河畔的海狸飞机着陆的一刹那。但是，生活中的偶然自有它的玄机，能让本来要走散的人走到一起。这一次，正是诺埃尔·亚历山大朋友的疏忽，让我以一种惊人的急转弯回到了那个即将成为我妻子的女人身边。这事儿挺蠢的：诺瓦把所有的身份证件、银行卡和护照都落在了钓鱼小屋的一个包里，小屋在北边，离这儿要飞两小时，在圣亚历克西德蒙附近的萨卡科米湖上。由于突发的腰痛，他没办法再坐飞机去取回自己的财产。亚历山大再次问我是否愿意扮演信鸽的角色，去马斯基农热拿东西。

薇诺娜检查了我的背带，启动发动机，轻触几个开关，飞机缓缓驶离岸边，直抵河中央。接下来发生的事情是我从未经历过的。就像正在起飞的野雁一样，海狸飞机的“爪子”划过水面，随着加速，它轻轻地从水流中腾空而起，在1950年代的振动轰鸣声中飞向天空。这时候是春天，薇诺娜是目视飞行，飞机在无形的乱流中不时产生颠簸。这一带的所有地图都刻在她的脑子里，就像迁徙的大雁张开了翅膀一样，她凭着本能定位，总能到达她要去的地方。突然，湖面出现了，就像演员进场一样。她像往常一样从湖中星罗棋布的岛屿之间穿过，对准了虚拟的航标，爪尖轻触水面，然后轻盈地滑向岸边。当发动机关停后，只剩下水流拍打浮筒的声音。

移动浮桥、简陋小屋、装有无数钱财的诺瓦的挎包、森林的声音、飞翔的鸟儿、一种时间和地点都恰到好处的感觉，薇诺娜的眼神告诉我现在正是时候，她把手插到我的口袋里，手指相碰，我的手紧紧抓住奇迹，衣服的摩擦、身体的碰撞、皮肤的拍打，世界变得微不足道，世间的一切，烦人的游泳池和付款方式，瑞士人和丹麦人的世界，那个我每天都要检查通风系统的世界，一切都消失了，只留下了光，这转瞬即逝的光亮就像求救信号弹一样照亮了生活。

薇诺娜看待和处理事情的方式非常直接。她穿上连体服，点燃一支香烟后，对我说："今天早上，当我看到你回到水上基地时，我立刻想到，这就是我要与之共度余生的那个人。现在我们上船吧。把门关紧，别忘了挎包。"

薇诺娜开着海狸在水面上稍稍转了一圈，像划独木舟一样沿着岛屿划行，惊扰了一小群水獭和几只疲惫的候鸟，然后将航向调整到南方，向 R985 小黄蜂航空发动机的喷射器中喷入燃油，9 缸星型发动机将 450 匹马力的动力传递给双叶汉密尔顿标准螺旋桨，它耐心地穿过空气的阻力将我们带回蒙特利尔，我们手拿皮包，心怀憧憬。

在我们十一年的奇特婚姻生活中，我从未有一刻停止过爱薇诺娜·玛帕切，自从那天在湖边之后，她就成了我的一部分，我心里装着她，她活在我心里，一颦一笑，一举一动，她的离世丝毫没有改变这些。

几周后，我去见诺埃尔·亚历山大并告诉他，他两次改变了我的人生轨迹。首先，他委托我照看这幢豪华游轮般的公寓楼；接着他又让我坐海狸飞机去萨卡科米湖畔度了一回蜜月。“你结婚了吗，保罗？”我结婚了。当然，这要看你怎么理解。从行政角度来说，伦敦的女王陛下和巴黎的总统无疑会认为我们只是concubini，这个拉丁语词可以翻译成“床上伴侣”，这谈不上伤风败俗，也不能说不对。但如果我们站在基切西皮里尼部落伟大的阿尔冈昆酋长泰苏阿特的面前，毫无疑问，尽管这位印第安民族的伟大智者早在1636年就已作古，但他会宣布我和薇诺娜已结为夫妻。这正是我的伴侣向我解释的。在一起生活了一段时间后，当我问她是否想要领结婚证，她答道：“但我们已经结婚了呀。阿尔冈昆人没有契约，也没有神圣的誓言。我们一起生活，为彼此而活。当我们不想再在一起时就分道扬镳。”就这样，简单的四句话，就把英国女王和她的普通法送回了潮湿的英国。

对我来说，薇诺娜代表着两个古老世界的美妙融合。她从她的爱尔兰母亲那里继承了耕种大地、耕耘生活的力量，她专心清除障碍，仿佛每一天都必须用自己的双手创造。她顽皮、快乐、忠诚，但对英国人有一种与生俱来的不信任。而她的原住民血统让她拥有将自己融入不可知的世界的能力，与它相互交融，阅读风的讯息、观察雨的帘幕，倾听树木的吱呀声。她是在无数传说中长大的，那些寓教于乐的故事再造了时间的起源，说是狼教会了人类说话，教会了人类爱、相互尊重和群居的艺术。还有熊和驯鹿，它们是我们的祖先，就像老鹰、森林里的树木、草原上的青草一样。我们与这片土地相互依存，等时候到了，它也会吞噬我们。

在现实生活中，除了大脑中一些深奥的阿尔冈昆语外，薇诺娜还是一个务实的女人，她住在飞机的肚子里，摸着飞机的风帆，每天都要检查飞机的骨骼。

每天早晨，当我看着妻子的照片时，我从未确定过自己是爱着一个来自盖尔韦的爱尔兰女孩，还是一个来自马尼瓦基的北美印第安女子。就像斯卡恩绚丽的灯光一样，她的面容会随着时间的推移而改变，某一种血统会压倒另一种。清晨醒来时，她铜色的头发和透明的眼睛会让她很自然地属于盖尔人的群体，但到了傍晚，昏暗的灯光会让她的肤色、脸部特征和坚定的目光显露出印第安人的印记。我为这种模棱两可着迷，仿佛隐秘地与两个女人生活在一起，一个女人对我冷淡时，我就会寻求另一个的安慰。不，我从未停止过爱薇诺娜·玛帕切。

当她决定搬进我的小公寓时，我在这里的生活一度被打乱。我们确实没有足够的空间，但这种逼仄只会让我们更加亲密。当然，早出晚归地为精英公寓楼进行细致检查也变得更加困难。晚上，在完成我的琐碎工作后，我常觉得一切都是白费力气。要同时照顾一栋楼和一个妻子，一边哄老婆一边关心二十多个寡妇，这是非常困难的。薇诺娜的日程安排随季节变化，就像她在蒙特利尔的着陆地点会根据她是用浮筒、轮子还是滑板着陆而变化一样。我们俩过着弹性的日子，有时会超出我们的预期。但正如基兰·里德教导和建议我的那样，我尽我所能地确保在我葬礼那天，薇诺娜可以在证人面前告诉我们的保险人，在"忠诚的家庭性行为"中，她得到了"令人满意和频繁的性关系"。

就在我们婚后的头几年，精英公寓楼的情况开始发生变化。这里的居民都变老了。退休人员正步入人生的最后阶段。他们总是会丢各种小东西，忘了带钥匙，把东西落在泳池边，担心一些无关紧要的细节，有时晚上还给我打电话，说他们听到通风口发出奇怪的声音。他们老了。虽然还没有都老到要去另一个世界，但个个都觉得自己死期将近。

精英公寓楼正慢慢进入一个黑暗时代。1997 年圣诞节前夕，我看到住六楼的苏拉娅·恩格尔布雷希特夫人在晚上 10 点左右穿着睡衣走到大厅，坐在接待室的扶手椅上。外面寒风凛冽，雪花翻飞。我刚刚在门厅布置好年终的各种装饰和彩灯，这是一个由来已久的传统，业主们很看重。我放下手中的活儿，过去看老太太。她慈祥而温和地看着我，但我意识到她并没有认出我。我把外套披在她肩上。“是我，保罗。我陪您回家。您不能待在这儿，会着凉的。来吧，我送您回家，我们一起走。”公寓的门关着，我用我的通行卡打开了门。恩格尔布雷希特夫人看着我，好像我是个魔术师。然后，她突然认出了我，向我道谢并道歉。“对不起，保罗。我为这一切感到抱歉。我现在很累。”我们走了几步到她的床边，她躺下，几乎马上就闭上了眼睛。我帮她盖好羽绒被，关了灯，在黑暗中陪了她一会儿。

苏拉娅·恩格尔布雷希特说她没有家人，我不知道该找谁来帮她。一周后，还是凌晨，我在等薇诺娜的时候，从玻璃窗向外望去，看到老太太光着脚，一身薄薄的裙子，穿过街道，在公交车站的长椅上坐下。当时的气温是 -10℃，地面结着冰。当她看见我时，便努力站起来，向我伸出手。“太可怕了，保罗，我想威廉去世了。我想我丈夫刚刚去世了。”我把恩格尔布雷希特夫人抱在怀里，把她送到精英公寓楼的门口。她轻得像个孩子。我把她带回她的公寓，一直陪着她，直到她睡着。她已经守寡十年了。她的丈夫叫弗雷德里克-爱德华。

这个可怕的插曲预示着许多其他艰难时刻的到来。接下来的几年里，护工这个活儿慢慢取代了我看管公寓楼的工作。得知恩格尔布雷希特夫人的状况后，诺埃尔·亚历山大联系了社会救助局，根据医生的建议，将苏拉娅安置到一家专门机构。我帮她准备了一些东西，以便她在新家能拥有所需的一切，在她即将离开时，她要我答应会时不时地去她家给她的植物浇水。医务人员来接她时，我陪她上了救护车。然后，我回到公寓，把该关的都关了，锁上了她曾经生活的屋子的大门。

幸运的是，晚上我会见到薇诺娜。她没有受到白天的影响，心灵中都是负离子，洗刷灵魂的负离子，那些不朽的、累积的美景让她精神焕发，它们远离老人和养老院，离我这个只有六层楼的衰败的小世界千里之遥。在她祖先的语言中，“薇诺娜”的意思是“长女”。对我来说，薇诺娜比以往任何时候都更加独一无二。

在我的记忆中，1990 年代末一大批业主都离开了，至少有 15 位。尽管草坪和花坛被精心照料着，游泳池的水温润怡人，各种机械设备高效运转，而且还配备了管理员，但他们的体力和精力都已不够应付孤独的生活。我经常为他们中的一位跑腿，为另一位去药店买药，同时照顾着我的最后一群寡妇，她们涂着指甲油的指尖勉强还能抓住余生。我知道这一切迟早都会崩溃，但当他们的水槽漏水或抽油烟机需要更换时，我会飞奔上楼去做这些工作，安抚他们，告诉他们我就在身边。在这栋公寓楼里待了那么久，我意识到我关心那些人，在某种程度上，我是以自己的方式爱着他们。

至暗前夕

自从和监狱长谈过话之后，帕特里克·霍顿就跟变了个人似的。他似乎更关心发生在自己身边的种种事务了，今天早上，他关注的是银行如何联手摧毁我们的未来。“妈的，你注意到了吗？次贷危机[1]还在继续。他们刚对这些破事造成的损失进行了初步评估。你知道他们从美国退休人员的退休金里捞了多少钱吗？来，说说看。说个数字，妈的。你猜的可差远了，老兄。两万亿美元。我都不知道2后面有多少个零。两万亿，这还只是美国那边的。你能想象全世界有多少吗？我可没胡说八道。你给一个狗娘养的杂种一耳光，哪怕他活该被扇，你也得立马进牢里蹲两年。而其他人，他们在赌场把你的钱全部榨干，把所有人都干翻在地，然后去阿卡普尔

---

[1] 指由美国次级信贷行业违约剧增、信用紧缩问题而于2007年夏季开始引发的国际金融市场上的震荡、恐慌和危机。

科[1]和排着队的妓女睡觉，再优哉游哉地离开。我老妈在这行里投了点儿钱，不多，但对她来说不是小数目。银行的人告诉她，所有钱都打了水漂。所有人的遭遇都一样，他成天不停地重复同样的话，打水漂。你呢，你往这里投过钱吗？”

完全没有，帕特里克。我从没把哪怕一分钱丢进过老虎机。薇诺娜和我活在当下。工作挣钱的是我们自己，而不是我们的钱。我们没花掉的钱都好好地存在圣雅克街的那家蒙特利尔银行里。

“两万亿美元，如果我告诉你一辆‘肥仔’的准确价格，你能算出那些钱能买多少辆吗？”尽管帕特里克对他决定此后参与其中的世界产生了新的兴趣，但对他而言，总会有那么个时候，想象赶上了现实，并把它搅得一团糟。“说到计算、运算这类东西，所有这些，我觉得自己还能应付，至于有多少个零，我肯定是一头雾水。”对帕特里克来说，这个世界的危机和不幸，总能从世上唯一具有稳定价值的参照物上得到阐释、解读和校准，而那个参照物，就是哈雷的肥仔摩托车。

“你知道的，当我看到例如银行的故事还有诸如此类乱七八糟的事儿的时候，我常常对自己说，这些和经济、政治

[1] Acapulco，墨西哥南部太平洋沿岸港口城市，旅游业发达。

有关的玩意儿，有太多我都搞不明白，没必要再坚持，我已经落后太多了。但有些时候，恰恰相反，我试着坚持下去，告诉自己，我越是了解这些东西，等到投票或者存钱的时候，他们就越骗不了我。但换个角度想，现阶段这个问题已经解决了，因为我一个子儿都没有。”

大约是在1999年夏末，我被叫去精英公寓楼的泳池边。诺埃尔·亚历山大突感身体不适。他躺在地上，目光似乎寻找着某个人，一个可以让他注视的点。我握着他的手，喋喋不休地说着当时我能想到的所有无济于事的话。不幸降临时我正在工作，忙着找棘轮扳手配套的套筒。

我和他一起上了救护车，紧握着那只曾经无数次向我伸出的手，没有松开。

直到傍晚，我才回到公寓楼。泳池边空无一人，机械设备室的门还开着，套筒放在一边，等待被安到扳手上。

公寓里，薇诺娜已经回来了。一只白色的小狗在沙发上蜷作一团，躺在她身边睡着了。“我今天下午捡到它，它被遗弃在马尼图湖靠近圣阿特德蒙市那侧的湖岸。大概六七个月大，饿坏了，一只爪子流着脓。我们收留它吧。它看上去像只小母狼。”努克不是小母狼，长得也不怎么好看，它是一个奇妙的小家伙，敏锐，充满好奇，想要探索和了解这个世界，甚至能在我们自己察觉之前，就猜到我们的心事。小家伙很快便成了我们生活中不可分割的一部分，它轻而易举地融入了我们的生活，在搭载钓客去钓鱼时跳进海狸水上飞机，在一场纷纷扬扬的大雪后同我一起在阿汉西克公园奔跑，它在雪地里打滚，直到毛发沉甸甸地浸满雪水，再也跑不动了，这才抖抖身子，在冰冷的空气中抖落一地雪花。

努克和我们一起吃饭，一起看电影，在原地转了四五个圈后睡在我们身侧，它从祖先那里习得了这套行为，遵照物种和丛林法则。

每天晚上，我们一起等薇诺娜回家，努克紧挨着我，把鼻子埋在我的胳膊和肋骨间蹭来蹭去。房间昏暗，犹如隐秘的巢穴，隔绝一切。在这里，努克让我明白了许多人类通常难以言表的道理。有时它眯起眼睛看我一眼，只是为了让我知道，它要安静下来，打个盹儿。这只小动物真挚忠诚，渐渐地，我习惯了把它当人对待，和它说话，分享生活中的烦心事儿，让它按照和我一样的节奏生活。一切都那么自然，令人惊讶。我在角落里倾诉，努克听我说话，以它的方式理解我。它为了弄明白人类混乱的语言所做的努力，和我为理解它不同的吠叫、读懂它的肢体语言所花费的心思，都是一样的。这也同其他任何事一样，首先需要学习，我最终取得了令人满意的成果，能够就日常生活中的要事与努克进行交流，因为我们现在说同一种语言了。它轻轻松松就能读懂我，而我关心它，温柔地对待它，就像我们爱上某人时会自然而然做的那样。

住院十来天后，诺埃尔·亚历山大回到了精英公寓楼。救护车交还给我们的，不过是一个内在生命正逐渐消亡的脆弱躯壳。他的脸颊消瘦，布满斑点，颧骨突出，下颌瘦削分明，眼窝深陷。他太阳穴处的皮肤薄得仿佛透明，脖子松弛的皮肤下显现出他心脏的微弱跳动。

诺埃尔·亚历山大被送回精英公寓楼，等待死亡的降临。

我把他的医疗床和点滴架安置在正对窗口的位置，窗外枫树高高的枝条似乎想探身进来。护士每天来三次，精心照料他，而我则通过一根无形的细线，日日夜夜与诺埃尔紧密相连，这既多亏电子技术的发展，也得益于我们之间的情感联结。他只需按下手心里的呼叫铃，我就会放下所有的维护工作，赶到他身边。

铃声响了很多次，每一次，我都设法宽慰他，谎称他好一点了。

直到有一天，铃声再也不响了。

这么多年里，我一直叫他“主席”，而他也正如我称呼的那样，赋予这座建筑灵魂与精神，最终让公寓楼变得像他一样，善待每一个人，保护每一个人，包容每一个人。诺埃尔·亚历山大态度恭谦，必要时有勇有谋，成功调和了其余67户的荷尔蒙，这些人常常意见不合、互不让步，而他则能让大家彼此尊重、相互包容。凭借自己的本事和才干，诺埃尔颇有见地地管理着我们这个大家庭，直到任期结束。

在千禧年结束前夕，与世界上其他地方相比，我们步履蹒跚，率先进入了另一个时代。对它，我们知之甚少，但依靠空气中弥漫飘浮的某种微小因子，我们相信，在很多方面，这个时代不如前一个那般高尚、温和、富足。

这年年末，12月30日，召开了全体业主大会，会上递交了资产统计表，最重要的是，要在议程最后选举出新的业委会主席。包括基兰·里德在内，全体住户都参与了会议和投票。共有三位候选人。路易斯·安热兰，老派的代表，一个三流贵族，就泳池的开销斤斤计较，对草坪的维护也是一丝不苟，他是个业余植物学家，同雨天一样令人厌烦。爱德华·塞奇威克，生于新英格兰，初来乍到，新派，新车，新妻子，显然开启了一段新生活，以前住在小资的欧特蒙地区，如今降级入住阿汉西克区一栋公寓的六楼，入住当天他的第一个要求是察看上一任业委会的报告。最后一位候选人，玛德莱娜·布里格，令人羡慕的顶楼俱乐部的一员，年逾六十，精神矍铄，拥有一种要命的幽默感，是个有趣却让人捉摸不透的女人。她有自己的见识和活法，曾是蒙特利尔当代艺术博物馆收藏部的负责人。她一直认为精英公寓楼太凄凉，希望在花园各处摆放丁格利[1]的雕塑。她有些另类，完全无法管理像精英公寓楼这样的建筑，但无论如何，每天和她一起生活还是挺美好的。

每位候选人都有十五分钟时间，简要陈述他们对于公寓楼未来的规划。不出所料，安热兰在草坪撒种和施肥的小事上喋喋不休，对一楼公共区域和门厅的绿化指指点点，更不消说泳池的加热和维护费用了。布里格简要讲解了有关“机械、机动和噪声”的艺术史，对打造一种更具活力的环境充满热情，显而易见，花园里要摆满丁格利的机械艺术品。或者，实在不行的话，摆些加拿大年轻雕塑家们的作品也未尝不可，因为我们的资金总是捉襟见肘，而年轻人的作品是我们买得起的，很可能还可以免税。有人讲：“但我们不纳税，也不赚

[1] Jean Tinguely（1925—1991），瑞士雕刻家、实验艺术家，以机动艺术创作闻名，利用铁片、铁管、齿轮、车轮等工业废品进行创作，代表作为《向纽约致敬》。

任何钱。”布里格将信将疑地抬抬下巴，忽略这个理由，不说话了。

在他开口前，在他只说了一句话的时候，我就知道他会当选。装腔作势之徒，假惺惺的伪君子，狡诈的豺狼。他深谙现代社会的为人处世之道，擅长套近乎，扬扬自得，态度轻浮。爱德华·塞奇威克就是我们要找的那个人，一个狂热的恶棍，努克和我在百步以外就能嗅到他的臭味。他自称“所有人幸福的担保者，决心严格监管每一笔开支，让每一分钱都花在刀刃上，在他的管理下，这栋重获新生的建筑将依旧是我们共同的家园”。阿门。

安热兰的绿地选举策略获得了14票，大多来自上了年纪的绿地派，对年轻时候的绿色平原颇为怀念。布里格有7位支持者，包括我、里德，以及另外5个觉得既然要死，那不如潇洒上路的人。至于塞奇威克，他的陈词滥调和信誓旦旦为他赢得除去一张弃权票以外的所有选票，也就是说，共有46张选票被这位手拿兔子和帽子的骗子用令人震惊的、几乎神奇的手法骗走了。这46张选票在诺埃尔·亚历山大的坟墓上撒了46抔黄土。这46张选票被一个一个月以前谁都不认识、不知从哪里来的人弄走了。这46张选票很快就让我的日子越来越难过。这46张选票来自我曾经倾力相助的那些人。

这次全民投票标志着新时代的到来。

2000 年以及随之而来的那个世界，由爱德华·塞奇威克一手掌控。

好在，薇诺娜和努克可以不时带我离开这个长久囚禁着我的世界。有时，海狸水上飞机将我们载到圣让湖边的一间垂钓小屋，我们在那里度过一个周末。我喜欢这些旅行，在老旧的座舱里，被发动机自由排气的喧杂声包围。我给努克缝了一个小巧的软头套，为了隔绝噪声。起初，它不喜欢这个套在脑袋上的东西，之后便习惯了。我多希望这些空中漫游能够延续好几个世纪，让我有时间将一切尽收眼底，树木、流水、大地和动物。我们似乎生活在一个漫无边际的世界之上，它向我们展现无穷无尽的美景。一切都那么辽阔，天空、湖水、森林，那里或许栖居着某种不可见的野生生灵，或许从前的某一天我们离开那里，住进装有对讲机的六层高楼，还有个没有人来饮水的人工湖。我们在这些人工水域周围行走、生活，除了电子门禁的按键，不在其他任何地方留下痕迹。

我在飞机上看到的一切不属于任何人，不属于某一个或两个人。国家会如何处置这个地方？这是个既没有女王也没有工会的世界。在这里，一顶由 46 张选票打造的王冠一文不值，既给不了任何东西，也无法捍卫任何东西。在这里，这46张选票让我们食不下咽、自救无门，这46张选票为我们招来了豺狼虎豹，或者说是冻死的危险。

在海狸水上飞机上，噪声很吵，耳塞不起作用，于是我和薇诺娜养成了用手势交流的习惯。当她手指朝下打手势时，我就知道飞机即将下降，很快便会着陆。浮筒接触水面的瞬间是旅行中我唯一害怕的时刻。尽管看过图解，薇诺娜也从空气动力学的角度给我讲解了着陆的原理，我仍旧担心某个浮筒会像帆船一样，在落到水面后，因为速度太快，头先扎进水里，随后导致整架飞机都翻个底朝天。所以每次触水前，我总把努克放在膝盖上，紧紧抱住它，直到飞机平稳地在水上滑行，安全降落。

在某本专业杂志上，我曾读到过一则令人忧心的报告，一项详尽的研究对这一型号飞机的稳定性和多种功能大加称赞，但同时也警告飞行员，“在低速、机身倾斜或过载的情况下，海狸水上飞机有时会变得十分危险，毫无预兆地失速，在大多数情况下，翻滚是突发的，若处于低空飞行状态，试图恢复正常飞行有很大风险，在某些时候甚至是致命的”。

当我把这篇文章给薇诺娜看时，她只是说：“这些我都知道。1946年以后所有人都知道这些。但你看，他们仅就海狸水上飞机写过一次文章，而我每天都驾驶它。而且，无论如何，我总是带着蜂鸟。”

蜂鸟是一个钥匙扣，薇诺娜一直带着它，从不离身。她把这只小小的金属鸟视作某种守护天使，能让海狸水上飞机一直在正确的线路上航行。我的妻子对这只鸟迷信得很，在南美洲，蜂鸟带有某种神话色彩，传递着无数有时互相矛盾的消息，在泰诺人[1]的文化中，它是带来幸福和繁荣的使者，但在巴西，蜂鸟飞进家里，则代表死亡降临。

无论如何，这种体型微小的飞鸟是自然造物之谜，一台由某位爱捣乱的空气动力学家兼解剖专家打造的惊人机器。这种动物体长五六厘米，每分钟心脏可跳动 1 260 次，肺部呼吸 500 次。它的翅膀可以朝任意方向旋转，使其能够快速地上下左右飞行，以种种令人难以置信的姿态达到每小时 100 公里的飞行速度。蜂鸟每秒的振翅频率高达 200 次，羽毛间存储着气泡，可以根据需要制造不同的气旋。此外，这种鸟还是空中悬停和快速移动的大师，体内每立方毫米分布有 659 万个红细胞。蜂鸟仅重几克，可飞行距离超 800 公里，一天内进食 8 次，入睡前需将体温降低 10℃，同时将白日里剧烈

[1] Taïnos，加勒比地区主要原住民之一，由于 15、16 世纪欧洲殖民者的屠杀，泰诺人及其文化现已几乎绝迹。

的心率降低至每分钟50次。正是这样一种惊人的生物，让我的妻子将自己的生命与命运托付给了它。这只仅重3克的小鸟代替重达2.5吨的老旧海狸水上飞机，背负起意外失速的命运。就这样，每当我看到薇诺娜的蜂鸟钥匙扣时，总是想起父亲，要是听说我的妻子将信仰寄托在一只鸟身上，他一定会觉得，这个印第安女人的信仰行为每天都在高空飞机引擎的嘈杂声中经受考验，这对一个拥有望远镜的牧师来说是大有教益的。

自从和监狱长见面后，帕特里克就只想着一件事：再见对方一面。几天前，他曾就此向监区大队长提出申请，但没有后续。但他显然还有什么主意。他在桌边坐下，给索瓦奇写了封信。在揉皱丢掉几页草稿后，他写好了满意的一封。接着，他将自己的小秘密放进信封，托付给狱警，让他带给收件人。四天后，他收到了回复。一个大信封，里面装的正是他想要的东西。“妈的，索瓦奇是个公爵。说真的，这家伙是个大人物。你想，我给他带了个信儿，问他能不能给我弄来哈雷最新的零配件目录表。结果，他给我拿来了这个——本年度零配件目录。这说明这家伙干完他的活儿之后就去给我找东西了。妈的，他真是个好心的撒马利亚人，只有这个可能。我要给他写一封感谢信。”他在桌边坐下，开始写信，这让他忙了一个多小时。“在信件开头，我该写‘亲爱的马尼[1]’还是‘亲爱的索瓦奇先生’？这个嘛，在摩托骑手之间，大家都没有区别，没有所谓的犯人和狱警，所有人都是一样的，摩托车身上刻着我们共同的信条‘Live to ride, Ride to live’[2]。我觉得‘马尼’这个称呼更亲切，更有哈雷骑手的风范。至于‘亲爱的先生’，这就有些死板了，像是在称呼送电费单的人。我们两人在一起聊得很愉快。你要是看到他跟我讲自己的继承者摩托时的样子，你就会明白，‘马尼’要比‘先生’合适得多。那么，帮我选一下，妈的，到底是‘马尼’还是‘先生’？”

最终，我说服了帕特里克，尽管后一种称呼没那么“机车”，但更有礼貌。况且，只要别冒犯收件人，就还有提出其他要求的余地。这一理由让他犹豫了：“妈的，你真是个浑蛋，像个步步为营的棋手。但你说得对。亲爱的索瓦奇先生，这样写更好。”帕特里克没让我帮他检查信件，我担心他那摩托车手的天性会占据上风，让他在信里冒冒失失地用“你”称

[1] Manu，对埃玛纽埃尔（Emmanuel）的昵称。

[2] 原文为英语，意为：“为骑而生，为生而骑。”

呼监狱长，或者冒昧地写上一句他自以为褒义的“他妈的”，这些都可能导致他为维护这段关系所做的努力付诸东流。

感谢信寄出后，帕特里克逐行翻阅目录，细细品味每一条内容。可以猜到，他在脑海里将这些配件一一安装在他的“肥仔”上，判断它们产生的效果，再拆下来，试试另外的零件，试试其他更具美感或更符合机械原理的配件，皮制工具箱或是新的排气管、水牛角车把、休闲风格的脚踏。此时此刻，我知道他正身处精神的安全之地，插紧门闩，上着双锁，不被打扰，少有的幸福时刻。孤身一人，没有父亲，没有回忆，没有犯罪记录，未经世事，白纸一张，生来只是“为了活着和骑摩托”，或者说“为了骑摩托和活着”。

我没有这样的精神草场任思绪驰骋纷飞。我是个真正的囚徒。被关在牢笼里。这个地方困住了我，天天折磨我。诚然，我有访客，但有些日子里，死者同我们一样，也有生活的烦恼。今天，努克和父亲都没有来，只有薇诺娜来见我。她既没带家里的钥匙，也没戴她的金属蜂鸟，也不太愿意说话。这次，她的面庞如此具有爱尔兰风情，让人想到盖尔韦海边的飞沫以及科里布河的气味。我记起之前一次在图卢兹，不知是出于什么原因，父亲从爱尔兰的泥炭说起做了一次布道，将这种化石有机物比作某种我不知其为何物但将我们的生活分作三六九等的物质。有时，父亲扑朔迷离的神秘比喻让人难以理解。

再过四小时，天就要黑了。我希望能尽快入睡，遁入大脑中的逃生口，出逃几个小时。碰上睡不着、找不到出路的时候，我就吃一点以乳糖为赋形剂的劳拉西泮片[1]，这种药物可以帮助我入眠。

时不时，我听到书页翻动的声响。我知道，帕特里克正沉浸在幸福之中。

薇诺娜搬进我的公寓，这并未真正改变基兰·里德的习惯。现在，每当想要倒苦水，他就会稍早一些来找我，我们一起回顾生活。塞奇威克当选主席后，里德的日子很不好过，他觉得那人是个无法无天的家伙。“他说起话来就好像是一本财务规划手册，我预感他会把这栋楼搅得天翻地覆。我成天都和这种人打交道，很了解他们。cost killer.[2] 他们脑子里装的都是 Excel 表格，随时可能把一切搞得乱七八糟。留神他，保罗。你管理预算，所以首当其冲，第一个要跟他过招

[1] Lorazepam，用于焦虑障碍及与抑郁症状相关的焦虑的短期治疗。

[2] 原文为英语，意为：“成本杀手。”

的人就是你。他会一直在你背后盯着，把所有账单都重新核算一通。”

薇诺娜进来，努克很开心见到她，而里德则表现得比其他任何时候都更像一位伤亡理赔员，他装出兴致寥寥的模样想要离开，薇诺娜邀请他留下来和我们共进晚餐。于是，他的脸上洋溢着幸福的光芒与感激之情，仿佛于绝境中得救之人，不用独自度过漫漫长夜。

我的妻子似乎对里德滔滔不绝讲述的人性种种很是着迷。在餐桌上，他跟我们分享他的所见所闻。“我的工作有一个巨大的好处。它打开了通往世界后院的大门。在这里，人被明码标价，他们的价值被反复讨论，一切都待价而沽，被出售，被交易。在这里，骇人听闻的案子被摆上法庭，我们难以相信有些事情真就发生了。当时我参与处理福特平托[1]的案子，我不知道你们还记不记得那起事件。1970年代，福特生产出一款并不起眼的紧凑型汽车，但很快发现它在结构上存在严重缺陷，用于油箱的金属外壳非常薄，如果从后方受到撞击，这些汽车将十分容易爆炸起火。据估计，这一缺陷可能导致

[1] Ford Pinto，福特汽车公司于1971至1980年间于北美地区生产销售的一款紧凑型家用汽车，因油箱设计问题饱受争议。小说描述了真实发生的福特平托案件。

180 人因车辆着火死亡，180 人严重烧伤，7 000 辆汽车被烧毁。面对这一设计结构上的问题，公司高层要求相关部门开展研究，以估算对车辆进行必要改造所需的成本。分析师很快在一份题为《平托备忘录》的报告中予以答复：赔偿受害者家属所需的费用将远低于召回所有已售车辆并更换故障油箱所需的费用。福特于是将这份报告束之高阁，任由其客户驾驶着随时可能着火爆炸的汽车。直到某天丑闻发酵爆发，福特被迫公开其计算参数，以及其中涉及的非人道选择。于是福特拿出支票本，以赔偿每位遇害者 20 万美元、每位被烧伤者 6.7 万美元、每辆被毁车辆 700 美元的代价了结了此案。

“平托事件不过是交易世界的冰川一角。在这个隐秘的世界里，一条条人命被摆上天平，完全按照会计比率计算。我记得在几个月前，美国参议院曾就这些问题提出一项修正案，其中指出，进行裁决时以金钱来衡量生命的价值，是‘对国家宗教信仰、伦理以及公共道德的严重冒犯’。修正案还指出，应该禁止将种族、收入、疾病、年龄、残疾等因素作为裁决时考量的标准。毫无疑问，在保险公司的反对和抗议下，这项修正案最终被否决废弃了。我猜，保罗，你要说这两者并不完全相似，而我这么说是在恶意中伤，但我可以很严肃地保证，塞奇威克完全就是那类写出《平托备忘录》的人。”

努克一直把鼻子塞在我的臂弯里，用它的方式再次告诉我，在那天，一只带发动机的奇怪鸟儿降落在湖面，一位看上去像爱尔兰人的印第安女人走下来，靠近，伸出手，喂给它几块饼干。它正发着烧，因为恐惧和疲惫颤抖着，那女人坐在它身边，检查它的伤口，抚摸它，将它抱在怀里，带它上了飞机，安置在自己身边。

讲到这里，努克把鼻子从我舒适安全的臂弯中抽出来，瞅了我一眼，我确信听到它对我说："后来我实在太累了，尽管发动机的噪声很吵，我还是睡着了。"

里德对晚餐表示感激，并感谢薇诺娜给了他一个真正的"家庭"之夜。我完全明白理赔员的意思，但这个新家的突然出现以及这段新关系的宣布在我看来似乎有些为时尚早。

在某栋楼或某个社群中，每隔一段时间总会发生一些不幸的事。几个月来，厄运在每个楼层徘徊，挨家挨户地敲门，首先咬住身体虚弱的住户，之后是拖垮身体好的人。之后某一天，它去了另一条街道、另一个社区，继续盲目地行进。在我们这里，整个流程持续了近一年时间。2002 年底，各种创伤降临精英公寓楼，摧残这里的设施、树木和住户。

一切都始于那场令整座城市陷入瘫痪的暴风雪。一连十几天，雨雪摧毁了一切设施：天线塔、电缆、电话线，变压器相继受损的受损，跳闸的跳闸，整个国家陷入一片黑暗。没有供暖，公寓很快便如同冰窖。人们在浴缸内装满沸水，靠近取暖。公寓楼由两种能源供能。电力用于供暖，燃气则用于热水系统。业主们像农户一样身穿大衣、披着毯子，在走廊和公共区域徘徊，交换信息，寻求安慰。由于电梯停止运行，年长的老人都待在家里，我想办法给他们送些吃的喝的。外面的世界冰天雪地，雾凇如钟乳石一般挂在树上，最有勇气的一批人不顾严寒，试着去上班。一切都变得不真实。傍晚时分，夜幕降临，一片漆黑，仿佛生命的光芒已然熄灭。有时能听到树枝断裂，砸落在结冰的路面上，咔咔作响。花园里那棵高大的黄桦树无法承受雾凇的重量，被压弯，之后裂成两半，像是被从天而降的斧头劈开。在度过艰难的一周后，周边社区逐渐恢复光明。充满希望的光晕从家家户户的窗子里透出来。但在精英公寓楼，黑暗仍笼罩着整座建筑。我整日在市场和公寓楼间来来回回，为上了年龄的住户和独居的老妇人购置食物。所有这些都是步行完成，往来于像溜冰场一样闪闪发光的人行道和街道。大包小包，上楼下楼，反复解释我无能为力，扫清前门的积雪，在车库的车道以及通往接待大厅的道路上撒沙石防滑，关闭所有的电力和电子系统，给所有结霜的东西除霜，把桦树枝砍断，以及照顾薇诺娜，这样的天气里，她的飞机无法起飞，还要给努克取暖，它似乎还在纳闷人类的世界发生了什么。

我想，在阿汉西克区，我们是最后恢复供电的公寓楼之一。某天早晨，电梯门重新打开，浴缸里的水能倒掉了，灯亮了，排气扇也重新开始运作。接着，设备一项项通了电，我们又生活在21℃的温暖的“茧”中。这一温度由业主大会决定，是适宜于人体的最佳温度。

暴风雪造成了损失和不便，同时影响到人们的身体健康。在不到一周的时间里，有四辆救护车停进大厅，将两位感染双侧肺炎的老妇人、一位年逾花甲的疑似心梗的老人以及西贝柳斯先生送去了医院。西贝柳斯是一位和蔼可亲的老人，年事已高，没人知道他确切的年龄。他是位游泳健将，每次见到我，都要称赞泳池的水质。他滑倒在人行道结冰的路面上，摔断了股骨颈。在这段对我而言同样相当艰难的日子里，我们那位业委会主席的影子我都没见着，哪怕只是一刹那。他从来没有过问大家的状况，也不关心大楼内外的情况。

冬天快要结束时，在经受了漫长的缺氧折磨后，埃德蒙德·克拉伦斯，一位感染肺炎双球菌的老妇人，在护士前来检查医疗设备是否正常运行时离世了。她的女儿在几分钟后赶到了精英公寓楼，但最艰难的时刻已经过去。

所有这些事情在我的内心悄声流淌。我看着我们小小的社群分崩离析，而我身处旋涡中心，注定要承受这一切。有时，在夜里，是我敲响基兰·里德的房门，向他倾诉我的所见所闻、所思所想。

我试图让薇诺娜远离这个小世界，对她而言，这不过是个由众多业主组成的小群体。仔细想想，这些人或许都时日无多。

春去秋来，四季在这栋大楼里轮回，一年又一年。

岁月如梭，而我只能自屋顶或泳池池底注视这个世界。岁月不居，时节如流，模范公仆的工作让我的生活支离破碎。

7 月初，公寓楼出现了一系列技术故障，多个设施几乎同时出现问题。首先是电梯，门打开又关上，但轿厢一动不动。控制机器升降的主板出现了故障。可能是因为冬季除冰时，有一半的排气扇电机升温烧坏了保险丝。在这个季节，上屋顶进行修缮工作无异于置身火炉。几天后，公寓楼的电子门禁系统全部失灵。劳累一整天，晚上我刚到家不久，电话又响了。“发生什么事了，保罗。所有东西都出故障了。人人打电话向我抱怨。你在做什么？到底能不能控制住局面？要让一切尽快恢复正常。有人说你要换掉所有排气扇。那得花我们一大笔钱。周末把账单拿来给我看看。维修电子门禁装置的人已经来过了？不不，保罗，让他们再来一次，强硬一点。我要是你，就不会这么做。”塞奇威克用高高在上的语调说道。塞奇威克牵着我这个总管的鼻子，让我服从他的部署，跟上他的节奏，提醒我谁是领导，谁是跟班。

在这黑暗的一年里，最糟糕的事情发生在8月的第一个星期。为了修复冬天受损的六楼外墙一角，我委托了一家专业公司，他们派来三个泥瓦匠，重做了被冰霜冻裂的墙面。一周的工程。脚手架已经搭好，据天气预报报道，有较低阵雨风险，除此以外，整个工期天气都晴朗向好。

早晨快要结束时，我正开着割草机在公寓楼正门附近的草坪除草。尽管戴着降噪耳罩，但除了机器的轰鸣，我仍听到了尖叫声。

一具身体以一种常人难以想象的姿势躺在地上，人类的骨架无法摆出这样的姿势。他试着呼吸，但非常困难。我不敢将这具柔若无骨的身体摆好。我握住他的手，这个动作今年我已做过太多次。头顶上，他的工友们大叫说他摔了下去。他们靠在脚手架的栏杆上，离地15米，冲我大喊。我和地上躺着的工人只是点头之交。他刚来时，我们说过几句话。我记得他说自己住在拉瓦尔，每天花一个小时从迪卡里高速公路[1]开车来上班。施工开始前我们就聊了这些。

我叫了救援，握着他的手，说些无用的话安慰他。过去这段时间里，我有多少次像这样试图帮助病弱和垂危之人？晚些时候，塞奇威克告诉我说那不是大楼总管该干的事。在高处的脚手架上，泥瓦工们看着这场景，目瞪口呆。瘫在地上的男人每次呼吸都只能吸入一丝微薄的空气，他的手一直被我握着，不时抽搐。尽管身体多处脱臼，五脏六腑不在原位，他仍用尽最后一丝气力抬头，睁大眼睛，对我说出最后一句话："我的狗还独自在家。"然后他便断气了。他的脖子落回地上，他就这样躺着，似乎在望着高处的工友。

尽管没有什么作用，但医务救援人员还是用除颤和供氧等手段对他进行心脏复苏。他们按照所受培训的程序进行抢救，在夜晚来临前的黑暗中忙碌着，试图让逝者起死回生。

我坚持将他的临终遗言转达给前来抬走遗体的人。他的狗还独自在家。要让某人知道这件事。尸袋的拉链合上，今晚，这位粉身碎骨的男人没能随迪卡里拥挤的车流回家。

晚上9点，塞奇威克如法院执达员一样蛮横地敲开我公寓的大门。他既没有问我那位工人是怎么摔下来的，也没问

[1] Autoroute Décarie，加拿大魁北克省15号高速公路的组成部分，系蒙特利尔交通网络的重要一环，交通繁忙。

他是否受了很多苦、是不是应该通知其他人。他只带了份公寓楼的保险单来，仅仅想要明确外部承包商在工作中发生事故时，我们要承担什么责任。了解清楚后，他稍微松了口气。“如果我没理解错的话，保罗，原则上事情已经解决了，没我们什么事儿了。很好。和我们不相干。该由死者雇主购买的保险来处理这件事。无论如何，我们需要总结这次事故的经验，务必核验我们所聘用公司的执业条件和责任范围。你为什么选了他们？他们为我们工作过多少次？十年三次。从今天起，把他们从我们的名单上剔除。除此之外，活儿干完了吗？不不不，把他们叫回来，让他们按时完成作业。告诉他们，我们很遗憾有一个工人死了，你怎么说都行。但该由他们想一个替换方案，代替那个人完成工程。”

塞奇威克简直就是个不折不扣的纳粹头子[1]，卑鄙无耻的浑蛋。

这件事彻底改变了我，让我变得讨人厌、不好相处。基兰·里德和另外十几个业主筹款买了花，委托我带去泥瓦匠的葬礼。里德和我一同前往，在那里我们见到了寥寥几个不

[1] Gauleiter，纳粹党的地区领导人。

认识的人，还有逝者的狗，大家聚在拉瓦尔公墓的一座墓碑四周。我放下花。逝者的名字刻在墓碑上。杰罗姆·阿尔德格里。

两天后，塞奇威克把我叫去他的公寓。他对我参加泥瓦工葬礼一事很恼火，怒气冲冲地训斥我，像是地主责骂自己的佃农。“我得把事情一次性都跟你说清楚，保罗。我付给你钱，不是让你去参加葬礼，或者花一半时间跑上跑下扮演保姆。我提醒你，你的工作到每间公寓门口为止。至于身体和生活自理方面的问题，业主应该自己想办法解决。有专门负责这些的组织和机构。而你真正该做的工作，是维护公寓楼，不是住在公寓楼里的人。你要是自作主张想做些什么，都得告诉我。比如，带花去参加一个只为我们工作了不到一周的工人的葬礼。你有这么多设备、花园、公共区域、车库、游泳池要操心，这些难道还不够吗？说到游泳池，有一项规定需要说明：根据您的合同，您和您妻子都不能使用它。请您转告汉森夫人。至于您的狗，在楼道里必须拴绳牵着，而且它不能进入花园。总之，帮这个帮那个这类护工的活儿，到此为止，我付你一笔不菲的薪水，是雇你来当总管的。每周，你向我递交一份开支账单。然后我们再来看看哪些项目可以缩减开支或取消。我希望这座公寓楼能全天候正常运转。至于住在这里的人，不管他们状态如何，都不该让你从工作中分心。至于我，我当选是为了保障精英公寓楼的良好运行，相信我，从今天起，我会一直盯着你的日程安排和你花出去的每一笔钱。”

这次会面让我崩溃，感到屈辱。那天我反驳塞奇威克时说的粗话并没能帮我找回丝毫尊严。晚上，我把这一切都讲给薇诺娜和里德听，说了我想辞职的念头。他们安抚我的情绪，聊了一些别的事情，我们一起吃了块比萨，之后我和妻子带着狗出门，在这个夏季的夜晚，沿着街边散步。

但从第二天开始，巧合，命运，不幸，怎么说都无所谓，它铁面无情地提醒我们所有人，塞奇威克依然住在这里，他是这个时代的领导者。无论他说些什么，我们都得重视他的话。

塞利格曼先生和妻子一起住在三楼。他从魁北克水电公司退休，喜欢各式各样的东西——百吉饼、烟熏肉、碎肝[1]、冰球、犹太笑话，尤其喜爱那辆四缸四驱的雷克萨斯汽车。每周两次，周一和周五，他下楼到车库，把车开到清洗区，拉下防水帘，开始近一小时的清洁和保养工作。他把车内地

[1] Poutine，犹太传统美食，通常是在炒或烤过的肝脏和洋葱里加入煮鸡蛋、盐和胡椒，然后研磨混合。

毯吸干净，给真皮座椅上油，把所有需要擦亮的地方擦得油光锃亮。相比之下，我当时干的活儿平淡无奇，正在离洗车区域不远的地方维修热水管道。

见我站在人字梯上，塞利格曼先生停下手头的工作，过来打招呼，我们聊了几句。在回去洗车前，他忍不住给我讲了一个他经常挂在嘴边的故事：

“某人和三位拉比一起打高尔夫，拉比们都打得很好，而他则表现欠佳。这人问拉比打球的秘诀是什么。他们回答他说：‘这很简单，我们每天都去教堂，虔诚地祈祷。’这人于是前往离家最近的教堂，开始虔诚地祈祷。在此后的一年里，他每天早上都去教堂向上帝祷告，请求提高他的球技，但他依旧打得很糟糕。他再次拜访三位拉比，三人在球场上的表现依旧亮眼，他对他们解释说，尽管自己全心全意地祈祷，但表现还是很糟糕。拉比们商量了一下，其中一位问他：‘方便透露的话，您去的是哪座教堂？’那人回答：‘是欧特蒙地区的那座。’拉比们笑道：‘那您没有进步是很正常的，那座教堂庇佑的是网球。’”

托马斯·塞利格曼哈哈大笑，对自己的小小幽默很是得意。他似乎是用友善和乐观之石打造的，狡黠地对我眨眨眼：“明天讲另一个笑话，保罗，明天。”说着，他便回去继续擦他那辆雷克萨斯。

有时，我发现生活总是选中我去执行奇怪的任务。比如，在短短一年时间里，我就听了好几次生活在我周围的人的遗言，他们临终时我都恰巧在其身边。

因为防水帘下洗车水枪的水柱兀自喷了好一会儿，我便前去检查帘子后发生了什么。

塞利格曼躺在混有洗涤剂的水流中，目光直直地盯着天花板上的霓虹灯。

掀开帘子后，我决定无视所有规定，疯狂地对他进行心脏复苏按压。一辆小轿车驶入停车场，车上的男人下来，朝我们走过来，是塞奇威克。他又一次抓到我远离工作职责，在安息日前夜跪在一个死人面前，愚蠢地试图让他活过来，回到我们身边，继续洗完他的车子。业委会主席僵在原地，一个字也说不出来，一点儿忙也帮不上。我大喊："你知道这个该怎么做吗？哎！你到底知不知道？"他摇头。我又说："打急救电话，赶紧！妈的！"他拿出手机，拨号，然后一动不动地站在原地，手足无措，等着有人接听。

"我刚在电视上看到个了不得的玩意儿，一部关于'黑暗时代'[1]的纪录片。你知道这个吗？真是让魔鬼都害怕。片里说在一切刚开始的时候，宇宙大爆炸的30万或40万年后，我有点儿糊涂，不确定这个数字，跟谈到次贷危机有多少个零一样，数字具体是多少不重要。总之，就是在那场把整个宇宙都炸没了的大爆炸之后，天空冷却下来，世界陷入一片漆黑。真的是漆黑一片。你能想象当时的氛围吗？没有生命，什么都没有。妈的，你看过那个之后，就不会再自作聪明了，你会告诉自己，我们真是劫后余生。你怎么想？你弄得懂无限这玩意儿吗？我从来没弄懂过。那些永无终结的东西进不到我的脑子里。在某个地方一定会有终点。只是我们还没走到那一步而已。但如果最后到了终点，你一定会问：之后是什么？无尽的尽头？这个问题就又开始了。"

有时，帕特里克看完电视回来会激动万分。通常，他在看科普节目的时候会全神贯注。面对如此多复杂的知识，有时他只记得些细枝末节。不久前，他看了有关气象学和流体力学的内容，根据某张图像，蒙特利尔的一只蝴蝶扇动翅膀，便会导致台北刮起台风。"这玩意儿太疯狂了。看了之后，你肯定动都不敢动。我知道，这只是为了展示整个系统，让你

[1] 在宇宙学领域，黑暗时代是指宇宙大爆炸38万年后，物质与辐射解耦合，恒星还未形成，宇宙漆黑一片，第一批恒星的形成标志着黑暗时代的结束。

知道所有东西之间都有联系。但是，最好还是少扇点儿翅膀，我们永远不知道会发生什么。你看，这是我还是小毛头时应该干的事，要是我当初不是那么蠢的话。学习。我喜欢了解这些有关世界或恶劣天气的知识。你看这些的时候，会觉得自己更有学问了。要知道，在蒙特利尔加拿大人队和波士顿棕熊队[1]打完一场精彩的冰球比赛之后，你的生活并没有因此前进一步，但你还是看得很痛快。你知道由此我想到了什么吗？既然我现在很放松，我们或许可以试着再剪一次头发。”

上一次尝试是在帕特里克去见索瓦奇的前一个晚上，但失败了。那次尝试仿佛是在做一场大手术，我把器械放在托盘里，病人则在椅子上坐好，摘下防护头巾。剪刀剪下去，剪平所有应该被剪平的地方。一旦太紧张，帕特里克就喘不上气来，我立刻停下。“妈的，你做这事儿就像我妈一样，跟我妈一模一样。”我把动作放轻放缓，锋利的剪刀再次游走在头发中间，斜着一刀刀剪下去，帕特里克甚至都没有察觉。地板上，不断堆积的发丝落在板凳周围。我真的感觉自己完成了某项大工程，仿佛我的技艺可以和一位母亲相媲美，让他儿子的样貌焕然一新。“你做到了，伙计。妈的，我们做到

[1] Boston Bruins，成立于 1924 年，位于美国波士顿的国家冰球联盟队伍。

了。这可是件大事。对我来说，这就像黑暗时代或者蝴蝶扇动翅膀那样重要。头发剪好了，我甚至没紧张到需要躺在地上喘气。这是我这辈子第一次。这很蠢，但这让我激动得真想哭。”

我要打扫一地的发丝。“不不，你别碰，我来就好。”帕特里克小心翼翼地把头发收集起来，装进一个小垃圾袋里，用绳子系好，最后把袋子放进藏在床底的秘密盒子里。

飞机、牵引车和等待

每次忙里偷闲与薇诺娜和努克共度的空中之旅都能为我积攒幸福和勇气，用以应对工作中那些令人沮丧的变故。在精英公寓楼里，气氛变得很可怕，业委会主席散播的一种怀疑心态在他的任期内逐渐蔓延到每个楼层。渐渐地，每个人都开始监视他人，严格注意每一条规定的执行情况，即便这些规定是荒谬或徒劳的。年复一年，全体业主大会上净是些关于鸡毛蒜皮的发言，人们会就一些显然毫无意义的话题发表带有攻击性的言论。我不得不在全体大会上解释，为何会有某笔开支，为何选择某位供应商，又或是某个承包商为何会开出这样的发票。那些从未踏入过控制室的人，却问我电解槽每升水需要多少克盐，然后经过几小时的无用计算后，拿着结果与我整个季度的氯化钠总订单进行比较。

千禧年后的头几年可谓集合了各种花样的恶搞，每个人似乎都迫不及待地想要更胜一筹。其中最引人注目的，无疑也是最荒谬的，一幕是“糖果纸事件”。在每天早晨的例行巡查中，我多次注意到三楼的走廊上散落着几张糖果包装纸。到了第二天，糖果纸又变成了其他的。在同一周内，这种情况发生了好几次。我日复一日地清扫这些纸，并没有去想是哪个馋嘴的家伙在随手乱丢。一周后，新一轮的撒糖纸行为又发生了。但是，这次的糖纸撒到了所有楼层，甚至连电梯里也有。于是我想到一个主意——去查看大楼的监控录像，找出恶作剧之人。监控画面真是让人震惊。上面显示，作案者是六十六岁的退休人员雨果·梅西和他五十八岁的邻居汽车经销商多利安·韦斯特。他们前不久刚搬进来，两人像晨间幽灵四处游荡，并在各处扔下他们的糖果包装纸，先是在他们自己的楼层，然后又慷慨地撒到整栋大楼的各个楼层。监控上的时间码显示，在每天早晨 5 点 30 分左右，他们都在玩这个幼稚的小把戏。我猜，他们之所以选择那个时间点，是希望可以神不知鬼不觉地撒糖纸。也就是说，这对老不死的家伙在黎明时分一同起床，去干这种可悲的勾当。他们到底有何居心？如果我不清扫他们丢的垃圾，他们是想陷害我、考验我、损害我的声誉吗？这俩傻瓜竟然忘了有监控摄像头，他们每个月还要支付维护费用呢。我去最近的超市买了两大袋糖果，而后在每个袋子上都别了一张纸条，上面写着：“感谢那些精彩的录像。看门人”。接着，我把礼物放在他们各自的门前。

自那天之后，走廊便恢复了整洁，我们这块小天地里再没出现吃糖果丢糖纸的迹象。当韦斯特和梅西再碰到我时，他们一脸尴尬地跟我打招呼，我则将这种尴尬慢慢融化掉，就像在品尝一种美味的糖果。

2005 年的圣诞节到了。很久以来，我头一回离开这栋公寓楼，外出一周。在每年这个时候，很多居民都会迁往南方，去古巴、佛罗里达或墨西哥的海滩度假。在那里，他们能沐浴灿烂的阳光，而在这里，冬季的窗帷早已遮住了光亮。至于里德，他去了波士顿，与一位女友共度假日。说实话，我不太清楚她在里德的生活中扮演什么角色。

为了共度那几天假期，薇诺娜租了一栋四季山居，它位于莫里斯国家公园以北的菲沙湖上，此外，她还租了一架海狸水上飞机。飞机的浮筒已经换成了滑板，这样一来，它便能像冰壶一样在雪地跑道上滑行。看着妻子驾驶飞机，我更爱她了。我最喜欢那些在空中度过的时光，我欣赏薇诺娜在飞机开始颠簸时的精湛技术以及泰然自若的神情，欣赏她重新找回航向的能力，尽管有强劲的逆风，她仍然能保持方向稳定，并在飞行结束时驾驶这架 1947 年的老式飞机缓缓地将我和努克带回地面。无论是在水上还是空中，无论是在冰面滑行还是穿越云层，薇诺娜似乎天生就像她的蜂鸟朋友，能在一眨眼的工夫起飞并在空中随意飞行。她的心也和鸟类的心一样，能根据不同时刻的环境变化进行调节，加速时心潮澎湃，减速时理智冷静。爱上这样的女人是非常容易的，和她一起醒来，躺在她身边，感受这一刻的魔力，仿佛标志着黑暗时代的终结。我的妻子身兼多角，她是斗篷、魔杖、兔子和帽子[1]。一个女人如何既能驾驶飞机、爱我、拯救她的狗、忍受精英公寓楼的生活、越过雪地和水面、相信一只鸟的力量，同时又能让每个人都拥有对生活的渴望、品尝幸福的滋味呢？我不知道。

2005 年圣诞节的北方飞行之旅，是我们一生中为数不多能够感受到神恩的时刻之一。尽管天气寒冷，但能见度高，空气像水晶一样澄澈，我们仿佛可以看到遥远的努纳武特地区[2]，就像一场北极幻影。在海拔 3 000 米的高空，这个时节

[1] 斗篷、魔杖、兔子和帽子是魔术师的常见装备。

[2] Nunavut，1999 年由原加拿大西北地区的东部分割而出，是加拿大除西北地区和育空地区之外的第三个地区。

的魁北克在经历几场肆虐的暴雪后，看上去像一片广阔无垠的棉花地。在这片领土上，数不尽的湖泊完全隐匿在冰层和积雪之下。这幅画面有种不羁的美，但也是单调的，它会让辨认方向变得极为困难，我不禁好奇薇诺娜是如何在这块巨大的冰激凌蛋糕上定位的。她的设备似乎相当简陋，更适合目视飞行而不是靠仪表导航。但她似乎一点儿也不担心，还时不时转头看看飞机的尾部，就像蜂鸟在倒退前会做的那样。飞行两个半小时后，海狸飞机开始俯冲下降，继续朝着看似无边无际、到处都一模一样的茫茫雪原滑出一条更有弧度的下降轨迹，然后平稳降落，滑板在雪地上留下一道长长的痕迹。飞机停稳后，我看到一座坚固的圆木房屋，烟囱里冒着烟。努克从座舱跳了出来，开始在雪地里奔跑。

屋里非常温馨，非常暖和，仿佛住家只是暂时离开了一下。正中央的桌子上立着一支冬日白香薰蜡烛，散发出蜜糖、苹果和肉桂的混合香气。这就是薇诺娜创造的圣诞奇迹。我和努克以及这位印第安奇女子一同进屋，倘若此刻有一群狼，教会人类说话并在这世上立足的那一群，推开门进来与我们共饮一杯欢迎酒，我也不会特别惊讶。这个女人真是与众不同，她一眼就能看透这个世界，并且热爱它、思考它、分析它。我相信，在我们共同生活的这些年里，她从未在任何事上遇到过瓶颈。这个夜晚，我将她拥在怀里，直到沉沉的睡意将我们包围，小狗努克则看守着炉火、房门、蜡烛，同时也留意着人类在做一些它看来毫无意义的怪事时发出的奇怪声音。

这一周在我们的生命中悄然流逝，抚平了我们的疲惫和黑眼圈，也让我们认识到自己来自何方、已经变成了什么样的人。薇诺娜离她的森林很近，而我离斯卡恩或隆巴尔堤岸似乎更远了。每天，她飞越自己的历史和土地，我则在精英公寓楼有毒的温室里逐渐老去。然而，我并不后悔过着这样看似不起眼的生活，因为我很知足。

当天气允许的时候，薇诺娜会带我和努克去森林散步，她会给我指出那些一眼就能分辨出来的动物足迹，教我在这冰雪迷宫中寻找方向，倾听风声或远处传来的动物讯息。我跟在她身后，虽然没有完全搞懂她说的这些，但我一直向前走着，努克则自顾自地走在最前头，关注着我妻子传达的所有无声指示。我喜欢这方需要谨言慎行的天地，在这里，智慧找回了祖祖辈辈的印记，也就是在人类还不会说话的时代拯救过它的本能反应和观察力。

晚上，薇诺娜跟我谈起她已四散的家人，她几乎没再见过他们。她提到阿尔冈昆人在传教士到来之前的日常生活，那是一个非常古老的世界，后来，传教士颠覆了他们的习惯和信仰，生活的连续性就此中断了。从那以后，在 12 月 24 日的晚上，弥撒之前，来自不同部落的成员会一起合唱圣诞颂歌。“荣耀归于上帝。基督子夜。圣夜，圣洁之夜。”

她还跟我讲了她叔叔纳多罗的传奇故事，这个名字在阿尔冈昆语中意为“小雷霆，大地之子”。大家都叫他“纳特”。纳多罗生活在一个偏远地区，结了婚，有三个孩子，为了养活家人，他不得不去招工的地方找活干。起初，他在育空地区[1]做矿工，后来转去收割烟草，租了 50 公顷的土地，养了些动物，但这些都还不够。于是，他就在一家往返多伦多和温哥华的运输公司找了份长途司机的工作。驾驶行程需要在四天内完成，休息时间很少。退休时，纳多罗交还了马克卡车钥匙，回到了家人身边。他感到自己在老去，意识到留给自己的时间愈加宝贵而紧迫。在某个早晨，他知道这一天已经到来。

薇诺娜的声音轻柔，娓娓道来，打开了故事的大门。“我叔叔召集了全家人，然后对他们说：‘我一直为你们工作，这很正常。但是今天，我已经是一个老人了，我要下决心为自

[1] Yukon，加拿大十省三地区之一，位于加拿大的西北方，因流经该地区的育空河得名。

己做一件事，只为我自己。我要开着我的老拖拉机横穿加拿大，从太平洋到大西洋。我和我的老约翰迪尔[1]将一起跑8 000公里，需要多久就用多久。’然后，纳多罗让一位朋友将他的拖拉机运到温哥华附近的马蹄湾[2]。在那里，他倒着驾驶拖拉机，直到开到水边，让拖拉机的后轮浸在太平洋里。然后，他启程，朝东方前进。在接下来的四个月里，不论天气如何，他以每小时10到15公里的速度行驶，他说他这样做是为了‘看看这个国家的路和人是什么样子，也想趁还活着，做一些别人没做过的事情’。在旅途中，他经历了各种各样的奇遇和倒霉事。当他几乎到达世界的另一端——纽芬兰岛[3]上的圣约翰斯[4]时，就在拖拉机前轮触到大西洋的那一瞬间，叔叔停了下来。然后，他做出了惊人的反应——他不想让任何人怀疑他说的话，因此他请了一个证人来证明他所目睹的一切，并在文件中签上了名字和日期。尽管这些文件没那么重要，但对他而言，这是一生中最有纪念意义、最珍贵的东西。他经常谈到这位著名的证人，豪特辛先生，我还清楚地记得

[1] John Deere，农业和林业领域产品与服务供应商，此处应指其生产的拖拉机。

[2] Horse Shoe Bay，位于温哥华市区东北方。

[3] Terre-Neuve，北美大陆东海岸的岛屿，意指“新寻获之地”。

[4] Saint Johns，加拿大纽芬兰岛东南阿瓦隆半岛北部城市。

他的名字。很多年后，叔叔带我去他的车库，那里停着他的老朋友约翰迪尔拖拉机，他揭开一个架子上盖着的帆布，从上面拿出两个装满水的小桶。其中一个小桶上用粗体字写着‘太平洋’，另一个上面写着‘大西洋’。他向我展示这两个小桶，并告诉我：‘是我，在这个国家的两端将它们装满的。’他的眼睛里满是泪水。这就是我叔叔纳特的旅行故事。”

当时，我感觉薇诺娜好像合上了一本大大的绘本，书上写的是一个大人讲给孩子们听的、能让他们做个美梦的奇妙童话，或许这是我听过的最感人肺腑、最动人心弦、最有启发意义的故事。

“你知道葬礼当天发生了什么吗？就像叔叔临终前要求的那样，等到棺材下葬后，他的子女们走近墓穴，把两个小桶里的水倒了进去。”

我们几乎听不见炉火燃烧的声音。松木时不时发出噼噼啪啪的爆裂声，平添了一丝生气。屋外，预报中的暴风雪已经开始席卷大地。薇诺娜穿上冬衣，踏着毛毡靴，潜入黑夜，顶着漫天大雪，去确认海狸飞机已被绳索固定住。她似乎意识到积雪很厚，慢慢转过身来，仿佛为没能在外面多待一会儿、欣赏一场雪花的华尔兹而惋惜，然后她回到了我们的房子。努克把鼻子塞进我的胳膊下，薇诺娜经过我身边，亲了我一口，留下我与她叔叔纳多罗独处，纳多罗手中举着曾在某一天为他分开、给他让路的两大洋的海水。

“我感觉很快就要审理我的案子了，所以想听听你的想法。你觉得，对我来说，选择有罪辩护会不会更明智？但你可别误会我在这桩案子里做了什么。我比以往任何时候都要清白。但我知道法官们的头脑都古怪得很，所以我在想，或许你能给我一些建议。我不是说你脑子也有病，压根不是这个意思，而是因为你很聪明，懂得筹划算计，所以我想听听你的看法。”

我心里坚信是帕特里克派了一个朋友送那个线人上路的，而他目前正在为自己寻找出路，以求从一个主责案件中脱身。“有罪辩护，是不是也适用于那种只想承认一部分而不是全部罪责的人呢？听我给你解释解释，在我的那个案子里，死掉的那家伙，我之前经常见他，没错。我知道他是警方的线人，这也没错。我也承认我给了他一拳，到这里都没什么问题。但之后发生了什么，我就啥也不知道了。当9毫米的子弹打中他脑袋时，我早已离开那里了。这么说吧，我几乎都到家了，毕竟开车要花十分钟。所以，我怎么可能有嫌疑呢？这就是我想到的办法，有罪辩护，只承认开头的部分。在法庭上，这种只认一部分罪的有罪辩护叫什么？”

从帕特里克向我展示的卷宗和其中的证词来看，我认为“认一部分罪”这个在我看来闻所未闻的说法，用霍顿自己的话说，就是没把法庭放在眼里。

“实际上，除了两三件小事，我觉得他们拿不出什么实质性的证据来反驳我。我的律师常常说，我可以动动手脚，给他们一个台阶下。他说，霍顿先生，你必须给法官一个台阶下，不然他会有情绪。说回我的案子，我这样做是双赢的，对谁都好，我承认我的错误，法官判我已经服过的刑期。我们握手然后再见！你觉得这样如何？我觉得挺好的。再说了，你也知道，除了那一拳，我完全是清白的。”

帕特里克正处在一个低谷期，各种各样的杂念或思绪占据着他的头脑，影响了他的判断和理智。在这种时候，最好是把脑袋里的“水汽”排一排，等压力降下来。或许，在我的人生于精英公寓楼滑向深渊的那天，我也应该遵循这样一套流程，尤其是后来站在法官面前时，我甚至没意识到自己应该只“认一部分罪”。

对我来说，2006 年初是一道真正的考验。正如基兰·里德所预料的那样，经过几年的摸索，这位 cost killer 正在大显身手，这里查查，那里删删，还在内部规定的字里行间画蛇添足——自从他被任命为业委会主席，这些规定变得像电话簿一样冗长。我们不再生活在一栋普通的建筑里，而是生活在一个专制的小王国中，由君主决定一切。最令人惊讶的是，所有的居民都乐意顺从这位小君主的怪念头，而我，作为负责王室财政支出的第一大臣，则成了指定的替罪羊。塞奇威克是一个吹毛求疵、特别热衷于写服务评语的人，他责备我买了太多的游泳池专用盐、太多的卫生清洁用品；没有仔细遵循割草机制造商有关保养周期的建议；将热水器的温度设得太高，而实际上温度是由业主委员会决定的；没有及时把垃圾桶拿出去，收回来的时间又太晚；每次出门遛狗时，在走廊里没有一直牵着它。我收到这些评语后感到非常羞愧，把它们藏起来不让薇诺娜看到，也不敢跟里德提起。我认为塞奇威克就是帕特里克说的那种“提前算计 17 步”的人，他早就在心中定好了策略，逼我辞职，然后找一些服务提供商来代替我。

我的维护和修理工作就更别提了，它们曾一度让我很有成就感，就好比一名工匠完成工作后倍感满足一样，现在却只是一系列盲目执行的程序，实在是看不到什么未来。我不想再讨论任何事情，只是傻傻地按既定流程去做，让小王国径直走向衰落。

我不再回应那些“超出我的职责范围”的私人要求。业主们提议支付费用请我修理一些小问题，过去我都是免费帮他们解决。而如今我只能拒绝并让他们去找维修人员。大多数情况下，他们对我的拒绝感到非常不满，并将其转化成私人恩怨。在亚历山大统治时期，我曾是一个和蔼可亲的仆人，但很快我变成了塞奇威克时代一名脾气暴躁的看门人。我当时还没意识到这一点，但对我来说，自那年年初起，倒计时已经开始了。

所有这些都比不上那即将永远摧毁我内心一部分的不幸，直到今天，这一不幸对我来说，仍像它刚发生的那天一样难以承受。在悲剧发生的那天夜里，奇怪的是，我唯一想起的人，想要让他拥抱我的人，竟然是我父亲约翰内斯·汉森，那位把姓传给我的新教牧师。在那个夜晚，我清晰地向他提出了一个从未在他生前表达过的请求：“爸爸，这次，请帮帮我。”我不知道该做些什么，但我期待着一个奇迹，一个拯救我们、让我们免于覆灭的奇迹，告诉我们一切都过去了，什么都没有发生，我们将一起回到家中，共进晚餐，然后封存这糟糕一天的回忆和光亮。

2006 年 8 月 12 日，星期六，薇诺娜一大早就起床了。我不记得她是否像往常一样在出门前亲吻了我。早上 8 点，她在水上飞机基地与三名钓客碰面，然后带着他们以及装备飞往蒙特利尔以北的米斯塔西尼湖[1]，那里离希布加莫[2]不远，飞行航程需要两个半小时。9 点，她的海狸水上飞机从普雷里河起飞。和往常一样，飞机上的人兴高采烈地和同伴们待在一起，带着过剩的男性荷尔蒙，以及用来引鱼上钩的啤酒[3]和活饵。

白天过去，夜晚将至。在网络信号好的时候，薇诺娜通常会在回家前给我打电话，告诉我她即将起飞，天气如何，什么时候到家。大约在晚上 8 点，我还没有收到她的消息，便给海狸航空公司的经理普拉迪埃打了电话，他跟我说他也在等这架飞机，但还没收到更多的信息。

夜幕降临，逐一点亮了河畔的城市高楼，给河流换上了夏季盛装。在西边，夕阳残存最后一抹余晖，而在我的窗前，焦虑如炽热的炭火。薇诺娜还没回来，这不合常理。她本该在下午 5 点左右到家的。如果她事先没有通知任何人，那一

---

[1] Lac Mistassini，加拿大魁北克省最大的湖泊。

[2] Chibougameau，加拿大魁北克省北部最大的城市。

[3] 一些野钓者会使用啤酒做窝料，或是在开饵时掺入啤酒，让饵料吸收啤酒的味型，以此提高诱鱼效果并刺激鱼咬钩。

定是发生了什么意外。大约在晚上10点，普拉迪埃告诉我他成功联系到了其中一个钓客，那人证实薇诺娜在中午时分把他们送到湖边，然后于下午1点30分启程飞往了蒙特利尔。他只补充说："现在，我想我该打电话发起搜寻了。"

整整一夜，我都在黑暗度过。我坐在沙发上，手中紧握着电话。努克紧靠在我的身侧。它几乎没有碰过自己的晚餐，这还是头一回。时间之轮无情地向前推进，碾碎了我心中尚存的一丝希望。当阳光再次照进房间，我感觉薇诺娜已经不在了，一切都结束了，我的妻子永远不会再回来。这一次，蜂鸟失去了它的力量和翅膀。在某个时刻，电话铃会响起，一个声音会问："您是汉森先生吗？"之后电话那头的内容一点儿也不重要了。

里德从新闻里听说了此事，便来我家陪我等消息。他没有多说什么，煮了咖啡，我们小口抿着，沉默不语。

直升机和军用飞机沿着海狸的航线进行搜索，但没有任何结果。周一，一场夏季猛烈的暴风雨中断了新的搜索行动。除了带小狗外出方便外，我几乎不再出门，我们躲在家里，藏起悲伤和恐惧。努克几乎不再进食。平日里充满生机与活力的它，似乎背负了一种无形的悲伤。它寸步不离地陪在我身边，并非为了自己安心，而是为了安慰我。我用手指梳理它浓密的毛，紧拥着它的胸膛，感受它的心跳。除了把头埋进它的毛，告诉它我爱它，然后放声大哭，我什么也做不了。我知道薇诺娜已经死了。她消失在那架坠毁的海狸飞机里。她的身体被困在飞机里而沉入深深的湖底，也可能在爆炸中灰飞烟灭。实际上，我不想知道任何详情，因为漫长的事故重现将随之而来，铺天盖地的关于她身体状况的问题将摆在我眼前。面部受毁、血肉模糊、骨头碎裂，她头脑中那个不可见的黑匣子，再也无法还原最后几秒的话语、想法、愤怒、恐慌和痛苦。在这最后的几秒里，在飞机爆裂前，薇诺娜就意识到，她的丈夫和小狗已经在另一个世界了，在那个世界里，人们不得不用一些有关鸟的力量、狼的耐心、神的仁慈、教堂对兔子的驯化[1]，甚至是飞机坚不可摧之类的荒诞话来安慰自己。尽管大家都明白飞机“有时会失控，低速飞行时可能会失速，试图恢复正常飞行则有很大风险，在某些时候甚至是致命的”。

---

[1] 人类驯化兔子的历史众说纷纭，至今尚无定论。一说中世纪欧洲的天主教会规定宗教斋戒日不许吃肉，但允许修士吃兔胎和初生仔兔。法国修士就把穴兔养在修道院里，并于公元 600 年驯化了野生穴兔；牛津大学进化生物学家格雷格·拉森（Greger Larson）则认为，家兔驯化或可追溯到法国图尔的基督教主教圣格列高利（Saint Gregory of Tours），有记载这位主教曾暗示人们在大斋节期间食兔肉。

我不愿意去想这一切，让这一堆问题、这一连串无用的假设充斥我的脑海，那些胡乱拼凑起来的艰深词汇，它们只是为了拖延等待的时间，在当事人和即将到来的消息之间草草筑起一道临时的高墙，而所有人都知道在最后时刻，那个消息将用一句话摧毁这道薄弱的防线。

星期四午后，消息传来。门铃响了，来了两名加拿大皇家骑警。

“我来向您通报搜救情况。今天早上 8 点 30 分左右，我们在凯普特湖[1]的雪松岛附近发现了飞机残骸，那里距蒙特利尔大约有一小时的飞行航程。从外观上看，飞机试图紧急降落，但过程并不顺利。我们的团队正在现场，准备将您太太的遗体运回来。很遗憾地通知您，她已经不幸过世。我们将她运回蒙特利尔后会立即来接您。我们真的很难过，对此感到十分抱歉。”

两名警察站在我面前。我试图说点什么，但根本无法开口。有什么东西从我身体里跑了出来，向前冲去，那是我自童年一直保留至今的一部分，也许是自那天起再也没有回来的一部分。我看着两位警察，试图将右手搭在其中一人身上，

[1] Lac Kempt，蒙特利尔北部湖泊，位于马努安河（Manouane）的航线上。

世界的重压将我压垮，双腿站不住了，我慢慢倒在他们的脚边。

在太平间，为了让我能够认出薇诺娜残缺不全的身体，我想，每个人都已经尽力了。他们只让我看了看她那备受摧残的脸庞，我没有移开视线，而是站在她身边，希望将悲伤印刻进每一寸心房，当我的心脏几乎要爆炸时，我走了出来。

就在这时，里德设法联系上了薇诺娜的一个远房亲戚，对方也赶了过来。他介绍自己是薇诺娜父亲这边的一个远房表亲。我们对彼此一无所知，除了眼前这件事，没有什么别的可以聊的。

“薇诺娜·玛帕切是我父亲二哥的女儿。我们曾一起上过学，后来大家几乎都失去了联系。当我们得知这件事时，我的老父亲说：‘去那边问问那个男人，是否同意我们把孩子的遗体带回她的故土，将她安葬在自己的家乡。’这就是他的原话。所以，我到这儿来见您一面，想问问您的意见。”

我不知道我的妻子想要我怎么做，没有什么比替死人想问题更徒劳无益了。所以，我听从内心的声音，它说：是的，您可以把她带回她的家乡，与亲人团聚。但我不会去北方。我让您带她回去，给她准备后事，在下葬那晚为她举行仪式。我甚至会把她的蜂鸟交给您，您可以把它安放在她身边。而我则会保留余下的一切。这十一年幸福充盈的日子，这十一年来肆意驰骋在天地之间，这一切都归功于您父亲二哥的这个非凡的女儿。她一直是我身旁那个激励我挺直腰杆的人，无论是在雪地还是在森林里，在夏天还是在暴风雪中，到哪里我都追随她。她拥有激发每个人内心最美好的一面的天赋。我把她那具惨遭飞机摧残的遗体交给您，但我会保留其他一切。各有各的遗产，要与他人分享太难了。您开车时请慢一点。

在找到飞机后的那一周，我一直把自己关在公寓里，与世隔绝。我没有匀出哪怕一秒给精英公寓楼。没有一个住户来找我，也没有人来询问我的情况。为了让我换换脑子，里德告诉我，塞奇威克又擅自在躺椅使用细则中加了一条新规定："使用躺椅后，不能将其留在草坪上。"

潮湿的空气弥漫开来。薇诺娜可能已经长眠于地下。我无法接受这样的想法。有时我想开车去印第安人那里，把她带回来。而在其他时候，我想象着她在族人和先灵的环抱中安详离去，向他们诉说自己能分辨出八十种雪，而白人只看得到"雪堆"。

努克紧跟着我的脚步，如果可以的话，它会继续与我一起生活。我们晚上会在街上和阿汉西克公园里散步，走很长的路。通常在一年中的这个时候，天气闷热，空气潮湿，努克会跑到公园的大池塘边。它急得直跺脚，用黑色的眼睛盯着我，分明是在说："我可以去水里吗？"我靠近它，抚摸它认真的小脸，答道："去吧！"努克跃入水中，在池塘里来回穿梭，仿佛某处有一位溺水者正在等待它的营救。在这些转瞬即逝的时刻，我们心照不宣，有那么几分钟，我的内心重获了一丝快乐和幸福。

重返斯卡恩

在精英公寓楼的每个时刻、每个工作日都变成了一种负担。我继续着千篇一律的工作：查看屋顶、日常巡视、听转轮的声响，像在高级餐厅的后厨里那样摆弄精密天平，就为称出盐的克数。塞奇威克热衷于核查支出簿，他忙着整理各项开支，意见记得东一张西一张。基兰·里德在退休后总来找我，我们晚上待在一起的时间越来越多，有时他想和我一起去吃印度菜，有时想拉着我一块看一部阿根廷电影。而我最平静的时刻，莫过于下班回家见到努克，它每次迎接我时的模样，都仿佛是看见一名结束了远方探险刚刚归家的旅人。

我偶而会想起塞利格曼先生，我想知道城里有没有一座犹太教堂，鳏居之人可以在那里修行，就跟练习打高尔夫或打网球是一个道理，而那里的拉比在哲学方面的造诣和我的朋友霍顿不相上下："生活就像一匹劣马，孩子，如果你被踢下了马，先闭上你的嘴，赶紧再翻上马背。”

出乎意料的是，2007年，是工作让我重新振作，重拾起一点儿尊严，也让我能与塞奇威克出格的独断专行做斗争。那年冬天的某个周日，我在暗无天光的地下室辛苦了一整天，才终于在晚间为整栋公寓楼恢复了热水供应。8月中旬，经过整整72小时不眠不休的测量与调整，我还挽回了68户的泳池水，那泳池里的230 000升水在几天前曾被负责新系统维护的公司认定要排进下水道。在短短数月内，我又变回了那个创造奇迹的人，这让那个以为已经把我赶走的人大失所望，“剪刀手爱德华”不仅把灌木丛修剪得整整齐齐，并且疏通了管道，还让游泳池的水重获新生。

晚上，每次回到公寓，眼前的一切都会猛地将我拉回到残酷的现实，打开门是2006年8月12日以后就千疮百孔的家。我准备吃的，努克和我挨着坐，在各自的盘子里分享着同样的食物。

2008年的冬天大概是当地有史以来降雪量最大的一个冬天。那段时间，魁北克的积雪足足有2.5米深，蒙特利尔也一样。我每天都得启动两次那台小型清雪机，为精英公寓楼的进出口清扫积雪。屋顶上的抽风机也不时需要检查，为此我必须在雪堆里挖出真正的壕沟，每天早上还必须用铲子清理必经之路。唯一因没完没了的下雪天感到兴奋的，是努克，它不再跳进阿汉西克公园的池塘，而是在雪堆里撒欢打滚，有时甚至消失在雪里，又费劲把自己刨出来，气喘吁吁地跑个不停。

那年夏天气候也很极端。不论是温度还是湿度。尤其在夜里，我们好似被闷在蒸笼里，在蒸汽与情绪中备受煎熬。整个8月中下旬都持续是这种天气，里德逃去波士顿的女友家，她在雷克萨姆沙滩也有一处住所。有时，他会在黄昏时分给我打电话，光是听他的声音就能让我呼吸到海洋的气息。

一天夜里，我在一楼的小公寓里感觉闷坏了，实在熬不住的我换上了泳衣，在凌晨2点钟，这个大家都熟睡的时刻，走进黑漆漆的泳池，这个钟点所有照明系统都关了。

我进入水里，属于我的水，那么多年来，我一直维护并更新着它，往里加盐，进行电解，过滤，测酸碱度，我和它朝夕相处，我监测着它的生物平衡，细心将温度维持在恒定的29℃。我进入水里，仿佛进入了自己的领地。我感觉到它抱住了我的腰，又贴上了我的肩膀和后背，缠住我的脖子，没过我的头顶。我在这里已经工作了二十多年，这是我第一次溜进这块对我而言是禁地的奇妙之地。我在水下畅游，浮潜，享受着这神奇的水浴。我爱这方水，我觉得它也爱我。西贝柳斯先生常跟我形容它的“质感”，是轻盈的，几乎像空气一般，无数微小的气泡似乎在为其输送氧气。我时不时会浮出水面，换一下气，再重新潜入水下，拥抱这方我为之辛苦付出的水。多年来，我第一次违反规定，这感觉非常美妙。我不清楚自己在水里待了多久，但当我走出泳池时，我记得自己骂了塞奇威克，他的吝啬剥夺了薇诺娜多少年的快乐啊，她原本可以在这里尽情游泳。这个小心眼的一楼之长不可能知道的是，每年夏天，当他在楼底像猎犬一样巡逻时，我的妻子正沉浸在她自己的世界里，在当地最美丽、最原始的湖泊里凫水。

回到公寓，我牵上努克，让它在浸脚池里凉快一下。之后我们神清气爽地睡着了，像两个快乐的小贼。

两天后，我接到塞奇威克的电话：“保罗，你明天上午要去见一个供应商是吗？你给他们打电话取消一下。我希望你明天 10 点到会议室报到。我需要召开一次物业和业主大会，表决跟你有关的一条规定。明天，10 点。”

我觉得所有人都出席了会议。每个楼层，家家户户。单身男女，夫妻情侣，不同年龄的几代人都到场了。会议由塞奇威克主持，他身边的两名副手自然唯其马首是瞻。“大家上午好。召开此次会议是因为我们的总管保罗·汉森违反了一条重要规定。在周二到周三的夜里，凌晨2点左右，汉森先生在大家不知情的情况下，进入泳池游泳，尽管在他的任用合同中明确禁止这类做法。监控录像记录了这次违规之举。更有甚者，他在自己游完泳后，还让他的小狗泡在浸脚池里。”房间里响起了一片不赞同的嘈杂声，如同一阵冬天的寒风。当众羞辱的效果还不够。塞奇威克继续用他那程序般的语言控诉道：“汉森先生，这是一次严重的失职，你的所作所为单方面违反了我们的合约，最重要的是，你辜负了我们所有人对你的信任。你把狗泡在浸脚池里，此举完全无视了我为泳池使用制定的基本卫生规定，将所有业主的健康置于危险之中。鉴于上述事实，我在此请求今天宣布将你解聘，从9月底开始生效。届时，您将得到应得的报酬，而你也应当归还住所的钥匙。在对该提议进行表决前，汉森先生，你还有什么要补充的吗？”人群中发出了一些窃窃私语，就像我父亲的教堂时有发生的那样，不确定那声音是表达同情还是稍有不满地表示不赞同。

在听到如此锱铢必较的指控后，还能说些什么或补充些什么呢？二十多年的忠诚服务，加班加点，为每个楼层服务，照料花园，为泳池的水殚精竭虑，抗击寒冬，清扫糖果纸，为病人提供支持和帮助，起死回生，施予临终敷擦圣油之礼，埋葬死者，所有这一切都因为一次午夜游泳被抛诸脑后。

房间后面传来一个声音，那是约翰内斯的声音，他一生最辉煌时期的声音，那声音能把矿工从井下带回地面，比矿上的爆破声更洪亮、更悠长；这个声音在赛马场上的马匹耳边尖叫，这个声音伴随我的出生和成长，它从未让我失望，这个声音今天依旧出现在现场，拿起武器，击碎那些愚蠢、无知和邪恶，击倒一个个白痴和蠢材，把我从水里救上来。

我真希望基兰·里德那天能从波士顿回来。毫无疑问，他会带头冲向人群，为我据理力争。可惜没有，没有任何抗争，就连我自己都没有替自己辩解。只差四票就全票通过，他们给我留了三十天时间让我把回忆、我的狗和我仅剩的一点尊严一股脑儿塞进一辆小货车里。我一言不发地离开了会议室。我的大脑停止了运转，只有一种可怕的羞耻感涌上心头。那天，我像含着一枚苦胆，不停嘟囔着一个句子。那是我从父亲的一本历史书上看来的，一位眼高于顶的天主教主教谈到下层教士的反抗时，建议他的亲信要对他们狠狠打压："你会看到的，人类是顺从的。"

会议结束时，塞奇威克对我说："保罗，这不是针对你个人，我们都必须遵守规则。我相信你能够理解。”然后他带着他的跟班离开了，大概是到别处找碴去了，他和他的守卫、书记员忙着追捕、记录和惩罚所有在夏天游泳的看门人。

性格使然，我仍兢兢业业地工作，晚上回公寓后开始打包行李。不知道发生了什么的努克嗅着一只只箱子，露出担忧的神情。

一个闷热的午后，我在花园里修剪一块草坪，塞奇威克大步流星地向我走来。我当时戴着降噪耳罩，并没有听清他一开始的咆哮。接下来的内容听得清清楚楚：“汉森，要告诉你多少次，你才会明白！你脑子里究竟在想什么呢？我们开除你，就是因为你犯了严重的错误，三天后，你又犯了。你是白痴吗？”毫无疑问，我已忍他很久了。我难以理解的是，这次究竟是什么让他发这么大的火。“汉森，看看你的狗！它竟敢躺在草地上，躺在枫树旁边！”努克离树很近，它躺在树荫下的一片绿地上，想呼吸点新鲜空气。它一定是跟在我身后，没有阅读那些规章制度，没有注意其中涉及我和它的禁令。塞奇威克气急败坏，又说了句什么，让我想起狼群给我的教育。他说：“把那个该死的畜生赶出去！我不想再在这栋楼里看见它。听清楚了吗？你们两个都给我滚，快滚！”就在这时，狼群为我指明了方向。我扑向他，把他撞到泳池边。

我只知道自己狠狠地揍了他一顿，一通拳打脚踢，像狼群一样野蛮，两根骨头断裂的声音也没有让我停手，直到我开始撕咬他，从他的肩膀处撕下了一块肉。我的嘴里含着一块塞奇威克的肉，但除了令人作呕的血腥味外，完全没有任何味道。我听到他的尖叫，他求我行行好，求我放过他，但我无法答应他的要求。他在求我，或者是在向其他人求救，他的跟班、他的保镖，但无人前来。我把他拖到水边，像一对戏水的人一起掉进了池子。他挣扎着，他的头发像被水流卷起的海草在来回摆动。我让水慢慢地没过他，透过水看着他模糊的样子，等待着水流进他的肺部，排空里面所有的空气。来来往往的人影浮在水面上，我听见努克和狼群的低嚎。时间不再真实，也不再浓稠，唯一存在的，似乎只有水的质感，以及那被我咬开的伤口流出的丝状血迹。他仍在挣扎，像被人类抛弃并溺死的动物。原来，我这么多年也一直像这样挣扎着，这栋病态的公寓楼蚕食了我的一切。这一次，我们在同一个池子里，这个我不被允许入内的水池，我们平等地赤手空拳，胸腔里的一点空气可以让我们多坚持几秒，我们一生都在等待和恐惧的珍贵时刻，这些最后的时刻令人失望，它们黯淡无光，只剩下“霍顿定理”预言的骗人前景，一旦溺水的无限时间流过，没有什么可以从头再来。

在我的头顶上方，人们纷纷跳入水中，他们抓住我的手臂，企图控制我的身体，把我和塞奇威克分开，我被按在地上。我像困兽一样挣扎，发出痛苦与愤怒的嚎叫，顷刻间，我的眼前一片漆黑。

次日，我在警察局定点的急诊室里苏醒过来。一名医生为我检查了身体，过了一会儿，一名调查员把塞奇威克的情况告知于我。双臂骨折，一根手指骨折，肩部被咬伤并伴有皮肤撕裂，胸部多处挫伤，面部有多处伤口，缝了21针。“法官将基于上述证据进行判决，除实施暴力外，您可能被指控谋杀未遂。待您康复后，将被转移至波尔多监狱。”

到了9月中旬。头部创口及腰椎手术让我不得不卧床，之后我接受了一段时间的观察，直到10月底，我都一直待在这间警察局定点的病房里。里德在收到通知后立即从波士顿返回，替我照顾事发后一直被关在公寓里的努克。里德带它来看过我几次。

11月4日上午，我被带到洛里米耶法官面前。

“关于暴力、殴打和伤害的部分，我想我们没有必要浪费时间讨论了。但是，我要问你水下打斗的情况，因为你们这场打斗十分罕见，是在游泳池池底结束的，而且不下6个人才让您松开对方。在最后的交手时刻，你们双方均处于水下，且保持呼吸暂停的状态，您是蓄意要把塞奇威克先生淹死吗，还是说最后的水下搏斗只是之前陆地搏斗的延续？”对于法官好奇的问题，我无法作答，我不记得了，也无法判断自己的真实意图，我甚至无法重构事实。“6个人。6个人才把您从塞奇威克先生身上拉开。6个人。根据他们的证词，他们费了好大的力气。而被咬伤处，有一块6厘米乘5厘米的肉被撕下来了。您能想象吗？我看过您的档案，没有任何犯罪记录，职业生涯也清清白白，您出生在一个体面的家庭，父亲是塞特福德矿城的牧师，您还拥有法国和加拿大的双重国籍。您当时到底在想些什么？您不想向警察解释您与雇主之间的恩怨。那您愿意告诉我吗？”

有些事情还是深埋心底吧，或者告诉自己的妻子、父亲和狗。他们对于这个埋藏在斯卡恩某处沙子下的故事早已一清二楚，自然也不会去评判。

尽管我的律师在百优解[1]的作用下胡言乱语，错误百出，洛里米耶法官还是不认为我是谋杀未遂，只判了我两年监禁。当晚，就在巴拉克·奥巴马举起手臂庆祝当选总统时，我低着头走进了波尔多监狱的牢房。

---

[1] Prozac，一种抗抑郁药物。

一年前的某个晚上，索瓦奇把我叫到他的办公室。里德先生刚打来电话，希望把努克去世的消息告知于我。一种致命的肝病。索瓦奇忘记了病的名字。

我失去了一切，家人、自由和狗。我哭了，在这个喜欢摩托车的男人面前。一切都发生在我之外，离我很遥远，最后一刻，我知道努克当时一定在找我，想把脸埋在我的身侧，而我却不在它身边。

我问索瓦奇我能否参加努克的火化仪式。

他说不行。

我问索瓦奇我能否把它的骨灰放在我的牢房里。

他说不行。

我问索瓦奇能否请里德替我保存骨灰。

他说："您可以自己问他。"

我回到牢房，努克的死唤醒了过去几年所有与死亡事件有关的记忆。一想到努克独自离开人世，我的心就被撕扯得很痛，我情不自禁地在帕特里克·霍顿面前再次泪流满面。他先是不解地把头偏向右边，然后又偏向左边，他慢慢走到我面前，忧心忡忡地看着我，笨拙地向我伸出双臂，就像一个不知道该怎么哄哭闹的婴儿的人一样。

“真他妈见鬼，我会不习惯的。我希望你离开后他们不会把我跟那个有恋童癖的牧师关在一间牢房。就是我们那天说的那个人，那个经常在教区夏令营时对孩子有不轨企图的主教。他长得特别高，大长脸，你不知道是哪个？你想起来没？你连自己的故事都不愿意跟评估员说，可你却获得了减刑。这证明那帮家伙都是些没用的废物。你是条好汉，朋友，我来告诉你吧，我会想你的。你答应过要和我保持联系，别忘了。还有，如果你对我只认一部分罪的有罪辩护那事儿有什么好点子的话，你还记得我犯的那事吧，请你一定要告诉我。你最好现在就走，否则他们会直接把你送回孔多，你知道的。忘掉那个肩膀被你咬掉一块肉的人，然后翻篇吧。我知道接下来会发生什么，我知道你待会儿离开这里时会先做什么，要我告诉你吗？离开这里的人，十有八九都会在一小时后出现在圣凯瑟琳街或靠近奥雪来嘉的地方，在那里先爽一下。但你现在满脑子想的都是去找你的小狗的骨灰。不是吗？”

基兰·里德把车停在古因大道，离大河很近，离水上基地也不远。他靠在车翼板上等我。看到我后，他过来给了我一个拥抱。我手里提着一个帆布包，里面装着我的一切。我的整个公寓都被清空了，我的家具也被某个负责收拾残局的清算人弄得四散殆尽了。

“保罗，你来我家住一段时间。公寓够大，一切都为你准备好了。”

前往精英公寓楼的路程并不算长。不过短短几分钟。7 月初的天气很晴朗。下车前，我在车里待了一会儿，然后才鼓起勇气穿过车库，走进电梯，无声的电缆牵引着我一层层爬升，我重新嗅到了来自走廊的浓烈气味，还有那座几乎没人打理的花园，以及泳池水的细微瑕疵。

两年时间里，很多小事都发生了变化。这儿不再是我的家。这栋楼也不认得我了。

在基兰为我准备的房间里，努克的骨灰就在书架上放着。几乎不占什么地方。我问里德是否目睹了火化的过程。“从头到尾。你可以放心。就是努克，它全在那里头。”当他走出房间，我第一个动作就是把罐子捧在手里，紧紧地贴在身侧。

当晚，里德带我到范霍恩大道的一家餐厅吃饭，那是他新发现的地方。他给我讲了努克的病，他如何陪它走完最后一程，我们谈起公寓楼、不断上调的费用、内部纠纷、接替我的人的无能，还有爱德华·塞奇威克江河日下的名声。“保罗，我一直想问你一个问题。你也知道，在我的职业生涯中，也算见过各种各样的怪事了。但我向你保证，我第一次看到一个人能一下子同时打断对手的两只胳膊。而且是两处真正的骨折，这也太神了，你是怎么做到的?”我从来没有问过自己这个问题。我也无法作答。不过，在回公寓楼的路上，我注意到，比起我用牙齿咬下爱德华·塞奇威克肩膀上的一大块肉，基兰显然对骨折的问题更感兴趣。

次日，我们聊了一整天。次日的次日也是。基兰认为没有必要冒险。我却认为这是我重新融入社会的第一步。我不是以公寓看门人的身份，而是以客人的身份去做这件事，当然是在征得基兰的同意后，于是，我在塞奇威克的注视下，在游泳池里游了几圈，又在躺椅上晒了会儿太阳，我穿上浴袍，返回楼上，我抬头挺胸，心灵也得到了洗涤，我终于摆脱了那些充满愤怒与仇恨的夜晚。

真是理想的一天。炙热的午后，湿度也高得惊人，连黄蜂也出来觅水，业主们则忙着搬弄是非。这是每条泳裤后面都藏着一个恶魔的时刻。这段时间是禁止我游泳的，对其他人而言也一样。为什么?因为这段时间防晒霜根本起不到任何效果，这是马提尼酒散发出游戏结束的味道的时段，是老年人把他们飘浮的生命紧紧攥在手里的时段。

我们肩并肩穿过大厅门廊，不可能看不到我们。两件白色浴袍几乎让人亮瞎眼。我把长袍递给里德，他朝一张躺椅走去。

我从浸脚池边走过，然后慢慢地，一步步走进游泳池。在从水面上彻底消失之前，我环顾四周，这完美的世界，还有岸边站成一排的业主。按照高矮顺序或地位重要与否排列。所有把我开除的人都在那里，他们像腊肉一样油光发亮。从我的位置看去，所有人都显得那么渺小。

塞奇威克坚守在他的工作岗位上，在他王国的正中心。他一脸疲惫，肩膀上有一道丑陋的疤痕。他在我眼中非常矮小，“无足轻重”，就像约翰内斯常说的。没有人说话。所有人的目光都聚焦在我身上，我仿佛变成了地磁北极，世界的轴心仿佛突然发生了偏移。在沉入水底前，我聆听着这完美的寂静。我尽可能长时间地在水下游泳，好让每个人都以为他们看到的只是我的幽灵，我消失在泳池里，它用盐将我稀释，把我从下水道排出。憋到我的肺就要爆炸时，我才像鲸鱼一样冒出水面，大口地换气，然后再一次潜回深渊。我刚刮过胡子，我感觉到水流轻抚着我的脸庞，甚至没有触碰到我。尽管它的质感发生了变化，但它完成了它的使命，我的心灵被荡涤了，它滤去了其中的杂质。我一次次浮潜，当离开泳池时，我仔细观察着配合我演出的演员们，这些可怜人努力扮演着各自的角色。我靠近岸边，抓住扶手，漂浮在两片水域之间，仿佛一名神枪手，以仰泳的完美姿势紧盯着爱德华·塞奇威克。好像注视着一只奄奄一息的动物。我无声地观察着，似乎持续了好几个世纪，他没有动弹，我享受着眼前美味的战利品——他那碎了一地的骄傲和饱受折磨的肩膀。

我感到自己的心脏在平静地跳动，我缓缓走出水池，一步又一步，我仿佛看见草地上的努克，它正高兴地竖起耳朵，欢快地摇着尾巴，它在等我。

我走向基兰，在他身边躺下，他对我说道："太可怕了。你简直像海洋乐园里的虎鲸。"

过了一会儿，塞奇威克离开了他的位置，他故意绕了一大圈，以免撞见我们。看到他黯然退场，里德说："保罗，我决定了，今年年底我要和他一同参加竞选。"

我在蒙特利尔住了十来天，重新适应了世上的生活。我在章节书店买了几本书：《哈雷摩托车全史》《运动者，哈雷摩托车》及两卷本的《改装你的哈雷》。

我不知道帕特里克还要在监狱里待多少年，但我想这些书至少能帮他缓解一点牢狱生活的苦闷，也许还能引起埃马纽埃尔·索瓦奇的兴趣。我还打算利用自由之身去一趟丹麦。我不知道这趟旅程要花多长时间，但它的终点将是天堂：从蒙特利尔到日内瓦再到奥斯陆，然后是渡轮、公路，经过奥胡斯、兰讷斯、奥尔堡，一直到达半岛最顶端的斯卡恩。

里德为了让我在长途旅行前重新振作，好心地把公寓留给了我，他则去了波士顿。每天晚上，他都打电话给我，以防意外发生，他还让我保证，他不在的时候不要再去游泳池。我没有任何理由再去泳池。一切已尘埃落定。

现在只剩下一件事。临行前一天，我乘坐出租车前往圣母岛的蒙特利尔大赌场，约翰内斯没有机会进到这里。取代那加速他不幸的秘密“摇钱树”的，正是这台气势恢宏的运气机器，这家命运工厂，每周 7 天，每天 24 小时，再造命运的变数，扇动机遇的翅膀。

我在一束束倾泻下来的灯光的照耀下走上大大的台阶。一晚的赌徒或永远的赌徒，在野心的驱使下，在一张张桌子间逡巡，每个人都相信自己内心深处那一丝永不熄灭的光芒。他们相信，总有一天会实现，因为他们为之等待了一生，认为自己理应得到报偿。Muss es sein? Es muss sein.[1]

努克、约翰内斯和薇诺娜在一张轮盘赌桌前等着我。他们是这个世界上最有活力、最忠诚，也最喜欢冒险的亡灵。

[1] 原文为德语，意为：“非如此不可？非如此不可。”

他们忍受着霍顿的闹肚子和监狱里狭窄的甬道，忍受着牢房的寒冷和日子的缓慢。在这座岛上，在这座败绩累累的岛上，他们的出现再次令我大吃一惊。他们比我还早知道我会来到这里，用我自己的方式为约翰内斯报仇，清算账目，还清赊账，恢复一切秩序。

我们四个人在那里待了许久，任凭圆筒在木板上转动，看着小球在转盘的黄铜盘面上跳动，而亢奋的人们把筹码推来推去。他们想在轮盘赌桌上靠赌博找到出路，赌数字，赌三个数或六个数的组合，押单数或双数，高数或低数，红球或黑球。厄运为大家提供了一系列变数和颜色的选择。

当初我父亲全都试过了，他所有的尝试让他输到一个子儿也不剩。那天晚上，一个女人把他的脸捧在手里，一边吻他，一边轻声说："愿上帝看到你，保佑你。"

我感觉很好。我看着我的家人。我感受到他们的心跳，呼吸着他们的气息。和他们在一起让我感到安宁。我感觉他们保护着我，用他们的方式保护着我的生命。我想让他们知道我有多爱他们。

当发牌员说"请下注"时，我把价值一百美元的筹码押在黑色上，然后离开了房间。当我离开时，我听到了"全部下注"。当发牌员最后宣布"不再下注"时，我已经朝河边走去，让赌场的伙计自己处理接下来的事情吧。

昨天，我带着努克的骨灰准时登机。我们在日内瓦克万特兰国际机场转机。漫长的等待是为了换一个世界。

我们在哥本哈根凯斯楚普机场下机，再乘船，然后沿着沙丘间的公路抵达半岛顶端。

这里空气清新，阳光明媚，水域分明，海洋交汇。这里是斯卡恩。

旅馆里，睡意将伴随劳拉西泮而来，纷乱的想法还在房间里不停打转。

然后天亮了，如画中的日出，轻柔地照亮了人和船、沙丘和海浪。

我沿着海边的街道散步。一条“牡蛎之路”。我看见远处汉森家的红色屋顶，它面朝波罗的海。风吹弯了树木，吹起的沙子堆积在房屋脚下。

我呼吸着这新生之地的海风。这是我拥有的一切。

待会儿，在长路尽头，我将见到我的家人，我将敲门，有人为我把门打开，我会像父亲教我的那样介绍自己：“Hej, søn ag Johanes Hansen.”

“你好，我是约翰内斯·汉森的儿子。”

文
景

Horizon

社科新知 文艺新潮

上海文化发展基金会资助项目

每个人

［法］让－保罗·杜波瓦 著

黄荭 译

出 品 人：姚映然

责任编辑：张　晨

营销编辑：杨　朗

装帧设计：陆智昌

美术编辑：安克晨

出　　品：北京世纪文景文化传播有限责任公司

（北京朝阳区东土城路8号林达大厦A座4A 100013）

出版发行：上海人民出版社

印　　刷：山东临沂新华印刷物流集团有限责任公司

制　　版：北京百朗文化传播有限公司

开 本：850mm×1168mm 1/32

印 张：8　　字 数：127,000

2024年6月第1版　　2024年6月第1次印刷

定 价：59.00元

ISBN：978-7-208-18916-4/I·2151

图书在版编目（CIP）数据

每个人 /（法）让-保罗·杜波瓦著；黄荭译. --上海：上海人民出版社，2024

ISBN 978-7-208-18916-4

Ⅰ. ①每… Ⅱ. ①让… ②黄… Ⅲ. ①长篇小说－法国－现代 Ⅳ. ①I565.45

中国国家版本馆CIP数据核字（2024）第097297号

本书如有印装错误，请致电本社更换 010-52187586

Tous les hommes n'habitent pas le monde de la même façon

by Jean-Paul Dubois

Copyright © Jean-Paul Dubois, 2019

Published by agreement with Éditions de l'Olivier,

through Dakai-L'agence.

Chinese simplified translation copyright © 2024 by Horizon Media Co., Ltd.,

A division of Shanghai Century Publishing Co., Ltd

All rights reserved.

社科新知 文艺新潮 | 与文景相遇

微信公众号　微博　豆瓣

bilibili　抖音　小红书